两个人的餐桌 两个人的家

蔡颖卿 著

北京时代华文书局

在生活中相守，可以相知，

要看重平凡的日子，用勤奮的双手創造細節

以愛意捲裹難免的傷害。

日子久了，你會在彼此身上發現

有一種光澤，離塵無垢。

有一種圓潤，既向心，也自由。

蔡穎卿 20 Jan' 2018

Contents

目录

[**食谱**]

自序

两个人的餐桌，两个人的家

我真正开始动手整理这本书的时候，三十一周年的结婚纪念日已近在眼前。但回想这书名浮上心头的时刻，却已远在好几年以前。

那是从一趟长程的旅途归来打开家门那一刻，袭上心头的感受。二〇〇八年九月，Eric跟我从美东返回，开门进了不久之前才从台南搬迁的三峡家中，我感受我们夫妻的人生新阶段在眼前揭开了序幕。

那一趟的美东行，是要送小女儿去上大学。我们三人先飞到费城，与已经在宾大上大四的女儿Abby相聚两天，再北上罗得岛去赶新生训练。在罗得岛待了一个星期，我们重新复习了三年前第一次送孩子上大学的万般牵挂之后，又启程返回家中。

这个过程与心境，对天下好多父母来说，一点都不陌生，而我心中的感怀，更不是自己独特的经验。

孩子上了大学之后，他们很想，也不得不成为“一人份”：一个该为自己负责的“准大人”；一个拥有自由，也因此得承担人生责任的——“准大人”。而他们的父母，因为他们离巢，从两个人开始的生活，又走回只有两个人的世界。

我所说的那种“两人世界”，是无关寒暑假孩子返家的相聚，或当他们结束学业之后，可能再度改变的家庭结构。当时，我所眼见与体会的，是一种人生；一种尽心于责任之后，再重温的旧梦与情怀。

我觉得孩子长成后，自己新婚时的梦想更具体了，但情怀却比当时成熟；比之初建立家庭的那个起点，我更爱新开始的两人生活。从两个人开始，再回到两个人的生活，如果以线条相连，画起来就是一个圆。我想把自己心中这个圆，送给我所珍爱的年轻人，包括多年来不辞辛劳远来，持续给我鼓励的学员与无缘谋面的读者，但愿自己也能为他们做些什么。希望，当他们走着我走过的路时，别忘了，这是朝向完整的一段过程；它有时辛苦，有时甜蜜，但所有的心意与努力，都可以用来填满这个圈，用来踏实这个圆。

我很平淡地说着自己婚后生活的故事，希望的是，读者朋友能从这些平淡与真实中，得到彼此鼓励的心意。因为，我曾玩笑地在我教成人厨艺的课程里对学员说，我觉得结婚很好，因为它使我拥有：最知心的朋友，最好的工作伙伴与合法的情人。我的学生们都笑了，也许没想过，使这三位在一体，就是共同生活里的彼此共有的目标。

我觉得人生有几件事是绝不可炫耀的：一是财富的多寡，二是婚姻的美满，三是儿女的成就。人比起其他动物的不同是文化，这个文化里的文明是互助的情怀。多寡、美满与成就，没有一定的标准，如果分享是在希望之下，大家相处的心情会充满鼓励；如果表达是一种好胜的炫耀，它便一无所值。

我从来没有想过要当一个受人羡慕的女人，也不觉得自己拥有任何值得他人羡慕的外在条件。成年以后，我只想得到一个知心的伴侣；希望因为他，我能安全地转移对原生家庭的信任、体贴与贡献；也可以同感于生活除了工作能力之外，还可以有纯然为了愉快而分享知识之乐；我想找到一个帮助我，让我觉得自己可以持续地成长、不停地努力的人。

我愿所有人生结伴而行的人，都同享这样的幸福与快乐！

我一向觉得，“体贴”比爱更贵重、更具体。它不像“爱”只是轻飘飘的一个字，尤其在这个表达训练有素的时代，习惯说“我爱你！”的人，甚至混淆了“爱”与“喜欢”的不同。“爱”是跟着心思考虑而来的行动，它并不是一种可以随便稀释，用来只表达一时的情感或友善的用语。只要两人生活在一起，“爱”字就得落在每日重来的生活琐事与杂务里受尽检视与考验。

情

我们的组合只能算是非常平凡的配搭，
因为知道自己的平凡，
反而没有错过互相尊重的和谐。
虽然三十年前，我们算不上郎才与女貌的天造，
但三十年后，却可以坦言我们是畚箕对扫帚的地设。

畚箕、畚箕对扫帚

每当要参加婚礼前，我总爱在书桌前先坐定，心诚意正地写下几句祝福话后再封上红包口。

对于婚礼的好话，我对中国成语的喜爱，远胜过西方新诗式的祝语。但我得承认，这是经过婚姻一段长久的生活才有的改变。年轻时，我也曾经排斥“百年好合”“白头偕老”这种陈年的贺词。我比较喜欢十三岁所收到的第一张喜帖，我那美丽、温柔、语音十分低沉的导师，不嫌我们小也给全班每人一张的邀请卡上，印着的字句：

我们俩将于……于圣家堂举行婚礼……
如果您不能来，也请您以祝福与虔诚的祷告，与我们同在。

那是四十几年前我对婚礼形式的新视界。单从我能熟记部分字句，就可以了解到当时所得到的启发。它们翻转了我从“大饼”与“天作之合”中所了解的婚礼观念。新式婚礼与西式饼干对照着我小时候习惯的世界。喜饼盒里有我喜欢的绿豆椪、白豆沙和红豆羊羹，但也有我讨厌的蜜葫芦糖，以及与肥肉形貌皆相似的水晶饼。因为讨厌水晶饼，有一度，凡是有芝麻的点心都使我退避三舍。但现在，一只皮酥馅嫩的黄桥烧饼，它们表皮上烤得深浅得宜的芝麻，却使我了解到，所有人的童年都一样，因为年岁经验而显现的狭窄，都是合情合理的。

虽然，我因为婚姻生活的实况而更了解中国成语里的明示与暗喻，但我并不喜欢把这些语句、搪瓷脸盆、谢篮礼品当作婚礼的表征。婚礼是新娘一生中作为明星的一天，但婚姻却不只照片里留下当刻记忆的事而已。在众星拱月的一天过后，如何把柴、米、油、盐、酱、醋、茶，运作得愉快丰足，才是这些器物与那一组组对句中的语重心长。

说起来，Eric与我在三十几年前所行的婚礼，实在也算盛大热闹了。双方父母在一九八五年的圣诞节前两天，为我们在环亚饭店举办了一场穿越拱廊花门，有盛筵美酒与亲朋好友齐聚祝福的晚宴。我们的证婚人，虽在国内外大学有多年讲学的经验，又曾任政府重要职位，却因为一时紧张，在证婚时无法把“男才”接下的“女貌”顺利完成。当他反复再三想不出“男才”当配哪一种女子时，共立于台上的我的父母，心里非常不服气。据我母亲很幽默地回忆说，她一面替大法官担心，另一方面又觉得自己的女儿容貌端正、打扮合宜，为什么不能给证婚人一个具体的提示?

但我笑妈妈说：再不甘心，新娘是她的产品；公司不好，产品自然无法让人印象深刻。这件事，大概是我觉得好累人的婚礼里唯一被牢牢记得的趣事。当然，我们最后只好庆幸地说，还好他没说成豺狼虎豹。

不管怎么说，传统婚礼常用的"天作之合"实在是既美又难的事。美的是，两人得老天的祝福而可以相遇与相许；难的是，婚配后，就得靠共同的努力才能完成真正的合作。

Eric跟我对合作的想法是，有效与忠诚互重的分工。我们的组合只能算是非常平凡的配搭，因为知道自己的平凡，反而没有错过互相尊重的和谐。

前不久，我听到小朋友在念一首儿歌，快乐的节奏让我想起Eric与我婚礼上的良辰美景。我请孩子教教我，花了三次的练习之后，我也能朗朗上口了。念着、念着，我终于知道Eric与我的婚姻是怎么一回事了。

想想证婚人之所以难以启齿，或许也没错。虽然三十年前，我们算不上郎才与女貌的天造，但三十年后，却可以坦言我们是畚箕对扫帚的地设。

这首儿歌里这样说：

小白菜，地里黄。

老鼠村，老村长。

村长女儿美叮当，

想找女婿比猫强。

太阳最强嫁太阳，

太阳不行嫁给云，

云不行，嫁给风，

风不行，嫁给墙。

墙不行，想想还是嫁给老鼠郎。

花对花，柳对柳；

鸡嫁鸡，狗嫁狗。

畚箕、畚箕，对扫帚。

一对夫妻的生活也许要先学习真正的“同甘”，
才能在遇到困难时，有默契地齐心共度辛苦；
使“情”与“义”
在生活中都能生根、发芽、展枝。

布衣菜饭，可乐终身

两个人一起生活，最美的境界当然是“同甘共苦”，但我相信多数的人会认为“同甘”比“共苦”要容易得多。人们经常会低看了“享受”所需要的精神条件，好像只要物质与环境够丰富、甘美，就算彼此不完全契合也不该觉得委屈。“同甘”不会像“共苦”那样直接呈现价值观、信念或毅力，也不能以有所牺牲凸显彼此的付出。

在婚姻生活里，我很庆幸Eric跟我对于“享受”有共同的价值观，我们在“同甘”里建立“共苦”的默契；但这并不是我们初婚时期就已经完整的状况。

我在人际的感受上，是一个直接的陈述者，一起生活，什么事使我很愉快，哪些状况让我感到委屈或消受不住，Eric要了解我，比起我要了解

他容易很多。但从另一个角度看，是我的敏感加上女性在传统生活中处理生活小事的位置才使我更有利于了解他。也许，如果我们的位置反过来，我的敏感也没有用武之地。不是有人这样调侃过婚姻里男女之间的差异吗？——夫妻之间并不是观点不同，他们可以说是不同的太阳系里的不同行星。学着大家也调侃自己说，Eric跟我之间，虽有河汉而不远，我们只是日月之差而已。

结婚之后，我们并没有经过太久就建立起一个对彼此来说身心都算舒服的生活雏形。当然，这个起初的样貌，日久年深得随着家庭结构、工作与生活地点的改变而不停地进行调整；不变的是，我们一直都非常努力地关心着彼此觉得“很享受”的事、与物、与情。

Eric对物质生活的享受从不贪求；虽不贪求，却不是感受能力不好。我从十八岁认识他，总觉得他的性格里有一种朴实。他的原生家庭跟我相比，对物质生活的供应比精神养育要丰富很多，父母对每个孩子都宠爱有加。可幸的是，Eric并没有因此而窄化他的人生所需，对于还没有深入的精神世界，他都因为心生羡慕而虚心学习，这使得我们婚后的几十年里能不断一起读书，一起以不同的方法来扩展相同的心灵世界。

虽然我读书总觉得不够，但对于各种物质感官的享受却是属于非常容易满足的人。我的敏感使我习惯于“微小”的取量，也造就了我总要多种条件一次就到位的要求。比如说，再好吃的东西也不会多取，如果满足了再吃就不再是享受，而像受虐待了。直到现在，我餐盘里的最后一口饭，大多是Eric吃下的；他会一边吃一边笑着说：“真是‘一口公主'！"“一口公主”是妈妈从小给我取的绰号。

不只饮食，凡是物质享受我都怕多，也怕不当。过度丰富不只破坏了我满足的最高点，还会使我心生不安之感。所以我不喜欢一连串的玩乐、一餐接一餐的宴会、长期的休假……也有许多人视为“慢”才能好好享受的事，我都是疾如风地完成，因为，那是我仅能感受的快乐，如果时间拉长，快乐就会转成负担。例如买衣物，我没有闲逛慢看、翻杆寻宝的兴致；我进入一家店，一眼看过就知道喜欢上的那件衣服自己能不能穿、合不合适、想不想买。好心的店员往往要给我意见，细心地提供她们的专业建议，而我却总是婉拒之后，匆匆结账离开，这是我快节奏的享受。当我在洗碗洗衣、布置居家时，“慢”就是我的愿望了，我在洗衣间里看到阳光晒进阳台时，真希望自己不用出门工作，能多停留一下。

Eric的不重吃喝，与我“小而美”的需要，取得了很好的平衡；这种平衡，在其他的官能享受上也发展出彼此深刻的了解。在生活如此多样繁华的世界里过了五十六年，我对“享受”两个字最常想起的是老子《道德经》下篇的一段话：

五色令人目盲，五音令人耳聋，五味令人口爽，驰骋田猎令人心发狂，难得之货令人行妨。

过度地追求享受，把人从快乐的顶端推向不知所向的追寻。但是要了解什么是“过度”对现代人来说，又是一份多么困难的功课？我想，如果年轻人能多讨论并习作这份欲望的功课，婚姻生活一定会轻快很多。

好久以前，我曾跟Eric分享过一段文字，这段把“享受”写得这么真实感人的文字，是诗人陈梦家的夫人赵萝蕤女士，在一次去拜访她燕京大学的校友袁咏熹与叶公超先生的家之后，所留下的笔记：

他们的生活令人羡慕：一所开间宽阔的平房，那摆设证明两位主人是深具中西两种文化素养的。书，还是书是最显著的装饰品，浅浅的牛奶调在咖啡里的颜色，几个朴素、舒适的沙发，桌椅，台灯，窗帘，令人觉得无比和谐；吃起饭来，不多不少，两个、三个菜，一碗汤，精致，可又不像有些地道的苏州人那样考究，而是色香味齐备，却又普普通通。说明两位主人追求的不是“享受”而是“文化”；当然，“文化”也是一种享受。

如果我们取“文化”最简明的定义，那应该是：“透过彼此学习思想与行为上的精华所达到的完美。”一对夫妻的生活也许要先学习真正的“同甘”，才能在遇到困难时，有默契地齐心共度辛苦；使“情”与“义”在生活中都能生根、发芽、展枝。

日常生活里，如果我发出任何求救或求助的讯息，
甚至只是要求“指导”一下某个疑惑，
Eric的回答几乎永远都会是：“我来！我来！”
他的“我来”，并不是应酬语，绝对是“真的”来，
而且“真的”立刻就接手了。

我来！我来！

认识好几年，又一起生活了整整三十年之后，Eric在什么情况下会说什么话，我自认可以猜到八九不离十。在日常生活中可列队于“寡言者”的他，简单语句的口头禅，可算是他充满意见的表达。

记得曾有Eric的员工跟女儿们说：“你爸爸好严肃！如果看到他笑，我那一天心情就会不一样。”女儿不以为然地回答说：“不会啊，我爸爸很好玩呢！”孩子们回家在晚餐拿出这件事以为笑谈，记得Eric立刻把食指往两唇之间一放，做出保密防谍的动作说：“不要让别人知道，这是特地为你们而有的。”那一幕大概最是深刻地描绘出，在纪律要求上算得上是严父的他，也是个不辞辛苦默默宠爱女儿们的爸爸。不过，不大说话、很少笑，的确是Eric给人的印象，再加上他一直以来在听力上的问题，有

时因为不能及时响应，更给了他人不够亲切的印象。

印象与认识不同，所以，如果问起跟他生活了一万个日子的我，那我最想用Eric的口头禅来说说生活伴侣的意义。

日常生活里，如果我发出任何求救或求助的讯息，甚至只是要求“指导”一下某个疑惑，Eric的回答几乎永远都会是：“我来！我来！”他的“我来”，并不是应酬语，绝对是“真的”来，而且“真的”立刻就接手了。往好处看，我因此变轻松了，但往坏处想，我渐渐成了一个比预期中与可能上退减了成长的人。

就如我对计算机的操作还停留在非常低阶的程度，遇到简单的问题也不大会自行处理，原因就是因为他的热心造成了我的无能。学习本来是需要一点推力和压力的，如果总有人抢先出来帮忙解决问题，那就拦阻了学习者的机会。我费尽心思，找不到自己退而不进的成因：是我天生就笨吗？不是；是我懒而废学吗？也不是。悠悠过完三十年，才知道真正的原因就是Eric那声“我来！我来！”的口头语耽误了我的成长。

我本来就是不喜欢讲电话的，但又不能完全不用。这几年都用一支老人机，机里设定两个电话号码可以拨出。不久前，三十几年的大学同学从美国回来，相聚时问我："Bubu，你是太忙了，还是怎么样？为什么不用Smart Phone（智能手机）？"豆豆不知道，我不是太忙，是还不够聪明到可以用智能手机。但这问题也让我痛定思痛，决定迎头赶上新时代。当我跟Eric提起这个想法时，他显然非常高兴于我的上进心，过几天，我就拥有一支智能型手机。起先还不懂力道地乱滑，虽然笨手笨脚，但实不相瞒，心里感受到一种与时俱进的时尚感，只是过了几个月，我发现我一点都没有进步，那个"我来！我来！"的声音才是我的智能机。当我们在星光满布的夜空下，拿出手机一拍，在他的手机上滑出星图，对我解说天狼星、猎户座的人是Eric；当我一个人独自外出，想智能一下叫车，打出电话问问他怎么滑时，他已经从自己的手机帮我叫了车子来接。Eric并没有教我，只是继续"我来！我来！"地降低我拿着智能型手机有款有型过活的可能。我看到广告上说"机不可失"，这话是什么意思呢？说到底，只是拥有一支可滑的手机还是不够的，我得先砍掉他那句"我来！我来！"的亲切，才能转变成一个更有智慧的人。

除了"我来！我来！"那种两肋插刀式的热情之外，Eric的"耐心"也真是无与伦比。

从小就是一个过敏儿的他，各种症状里最严重是"气喘"。气喘发作会偏头痛。年少时，他的家庭医师常给他打针，Eric跟我说，针推到一半痛就消失了。婚后我们住台南那几年，他偶尔感冒严重时也犯偏头痛。有一次从公司还忍不到让我开车送到医院，我们只好就近找一家脑神经科，医生直接从颈部给他打下针时，我差一点晕倒。

但Eric生病时从不主动提，我只能从他不对的脸色或异于平常的生活举止，才知道他不舒服。我曾仔细想过，人的身体不舒服还会有藏不住的时候，心里的不舒服，更需要主动了解。这也提醒我在我们的生活遇到任何沮丧或困难的时候，一定要主动地了解他的感受。

从小被头痛所苦的Eric，却有一种耐烦的性格。“烦”这个字，一边是火，一边是页，《说文解字》的定义是“热头痛”。人遇事觉得烦，就是一种热头痛，是心理与身体两者之间的热与痛。三十年来，Eric总不会在事如乱麻时让我觉得他有热头痛，或因为麻烦而引发偏头痛。我奇怪他的耐心到底是一种天性，还是经过婚姻生活、娶到像我这样麻烦的太太之后，又得到更高的修行与锻炼。这事究竟不可考，我也不能自信居功，毕竟在我们相遇时，就从没见过他遇事而烦躁。

耐心与不怕麻烦在生活里演变出Eric的另一个口头语：“想到，就会到。”

“到”可以是地点的抵达，也可以是决定的完成。说前者一定比后者容易，也不是一定都正确。路有简单复杂，远与近；决定也有不同的规模。两者能次次都尽力而为，真是需要温和与耐心。

我要先说Eric在真正开车行路上的不怕麻烦。每次出门，我们总想利用时间多办几件事。只要我开口问：去什么地方算不算顺路？Eric一定是这样回答我的：“没有不顺的路。”或另一句更耳熟的话：“想到，就会到。”

想去的地方，有些是真正需要去，非去就不能把任务完成的地点，但也有一些只是为了满足好奇心的构想之行。每当我提起这类希望，Eric就会根据行程规模考虑一下，而后满怀信心地说出他那句对我来说太经典的口头语。中年过后，我得到一个结论：Eric其实就是杜威书中所说的、对任何事都有兴趣的那种人。他们跟问题永远直接联系。问题来了，不作他想，只坦然相迎，再以各种经验和集中的思考来寻找抵达之道、解决之方。

同样的心情，也是我们俩几十年来，每要做下生活选择与决定时，Eric实行的态度。我是意兴纷飞、天马行空的坐而言者，等到几杯咖啡或几杯啤酒的作用过后，就会感到胆怯的微微寒意。就在我既思前又想后、犹豫不决时，被我的热情感染、说服，已详尽地拟出行动计划的Eric，才在心中暖好车，等待我坐稳好上路。

这样，他才能把自己那句“想到，就会到”的口头禅，转变成我们俩生命中又一次的出发与抵达。

人生有很多“非常时期”，
如果我们学着用勤劳来驱动体贴，
在体贴里找到表达爱的方法，
那么每一个非常时期，
或许正好就是发展婚姻革命情感的美好契机。

非常时期，有非常做法

我是一个对生活希望充满景象的人，我总是想着生活要美丽、充实、愉快。这三组词用文字写出来已经够简单了，没想到落实在日常生活里，却可以更简单地化为一个字，那就是“做”；只不过，不简单的是，它得写成“做！做！做！”这样的力道，才算有用。

记得十年前，有一位年纪比我长一点的朋友，曾与我讨论家事问题。她很幽默地倾诉自己对日复一日，如浪潮那样反复而来的家事量心生悲苦，更对自己无以为继的热情感到汗颜，有时竟有因此想离家出走的念头。她颓丧地问我：为什么好不容易才把衣服都烫完收进柜子里，立刻又在眼前堆成小山？那衣服山与袜子山，到底什么时候才能被一双够能干的手轻松移平？

想想，家事的确是这样的，我们每天不断地自己制造出许多麻烦，而“生活”两个字可不是时髦的词，从《孟子·尽心篇》中就有：“民非水火不生活”几个字。柴米油盐酱醋茶只是材料呢，要生活养人而人又能愉快，每天不知道要费多少工夫。不会厌倦家事只是个理想的说法；但理想可以慢慢靠近也是个事实。夫妻真诚合作，的确是走向理想的、有质量的生活之道。

一个家庭，无论用内外分工，或两人同心同向的合作战术来面对生活都一样好，只要懂得“勤劳”的重要，就可以解决很多问题；勤劳可以互生感谢、互相同情；勤劳使人可以愉快地一起生活。事实上，无论在任何人际关系中，要讲其他都不如讲勤劳来得重要。它是最能促进和谐的一种品格，对婚姻生活的贡献就更不用多说。

在三十年的婚姻生活中，Eric和我很少跟对方说：“我爱你！”这并不是因为我们特别老派所以不惯启齿说爱，而是因为“行动”代替了我们的语言。

我一向觉得，“体贴”比爱更贵重、更具体。它不像“爱”只是轻飘飘的一个字，尤其在这个表达训练有素的时代，习惯说“我爱你！”的人，甚至混淆了“爱”与“喜欢”的不同。“爱”是跟着心思考虑而来的行动，它并不是一种可以随便稀释，用来只表达一时的情感或友善的用语。只要两人生活在一起，“爱”字就得落在每日重来的生活琐事与杂务里受尽检视与考验。

我对夫妻生活的经验，可以化为很简单的公式。那就是，“体贴”可以完成“爱”，而“勤劳”是体贴的动力。要了解这个道理并不难，想想看，每当我们说“这个人好体贴”时，我们所指的是一种作为，而不只是一种了解。在千万种体贴里，夫妻一起生活所需要的，并不是一两样，而是千万种里的绝大多数，也就是更敏感、不断续的“周到”。

我觉得自己是一个很勤劳的人，更幸运的是，嫁了一个比我更勤劳的Eric，他从不忽视我所付出的每一分行动，而我的勤劳所得的鼓舞，也不只是他欣赏我持家的能力而已，更实际的是，他永远给我的默默协助。

结婚之前，母亲的教导已使我对一个美好的家有了基本概念，婚后，家庭的意义更具体了，持家理所当然成了我全心努力的目标。但再有努力的心，也难免有照顾不来的挫折时刻。每当这种时候意外地到来，Eric总是主动地对我说：“没有关系，没有关系；非常时期，有非常的做法。”他把这句话讲得那么好笑，把我从做得不够的自责里拉出来之后才问我：“你要我怎么帮忙？”

人生有很多“非常时期”，如果我们学着用勤劳来驱动体贴，在体贴里找到表达爱的方法，那么每一个非常时期，或许正好就是发展婚姻革命情感的美好契机。

我们突然像小朋友一样，
为此莫名其妙地大笑了起来，
然后，一起为他取了个只有孩子知道的绰号：
龙猫，“聋猫”。

我的龙猫、大毛怪

Eric从小就有听力的问题，但这个感官的阻扰与退化一直到四十岁前，都没有得到证实与处理。在生活里，听力不可避免地引起了一些困难与误会，但我们都不自知它所产生的影响。

没有察觉的原因，一方面是我们夫妻从不大声讲话，或远距喊话，所以，我没有感觉到警示，就这样错过本该仔细追查的机会。另一个原因是，他的工作中有一部分需要非常准确、灵敏的听力，而他在这方面精确的表现连资深老员工都衷心赞叹，当然就更不可能自我怀疑听力有障碍。虽然，最后他想起从幼儿园开始，已经有好几次在体检时被单独送到校外另做检查，但最后问题还是不了了之。等到我从他与人沟通上的态度怀疑听力的问题时，医生说他的耳朵已严重退化。

他检查出耳朵的问题，使我对一些事释怀了。过去，只要生活上有应酬聚会，我总觉得Eric如坐针毡。这些反应，偶尔也会使我感到担心，担心我们的生活是否太封闭，我们是否会越来越孤僻？比起许多同龄的人来说，我们已经简单朴素很多的生活，往往对他来说还是一种负担。

听力检查之后，我们俩回头把生活中的许多事做了一次详尽的回顾，我这才了解，对Eric来说，只要是应对于两个人以上的话语声，他就无法正确地掌握讯息，人一多，他甚至因此而感到头痛。听电话也无法同时接收旁人与话筒那端的讯息，真正的麻烦在于他并不自知，有时就难免在与他人的沟通上，产生了误会。有些看似无伤大雅，但无形中积累了一些沮丧。从曼谷康明医院走出来那一天，我心里既轻松又难受：轻松的是，既找到问题与就可以解决的拨云见日；难受的是，我惭愧于自己日夜生活在身旁的不敏。

Eric的听力因为有了助听器而得到改善，但戴上助听器之后，既能收到本当听闻的音讯，也奉送环境所有的杂音，这对多年来已习惯世界颇为宁静的他来说，其实是另一种痛苦。所以，有时候我宁愿他不要戴助听器，不必声声计较。有一天，我被附近施工的声音吵得静不下心，Eric突发一语，调侃自己说："耳朵不好，也有它的好！"我们突然像小朋友一样，为此莫名其妙地大笑了起来，然后，一起为他取了个只有孩子知道的绰号：龙猫，"聋猫"。

二〇〇一年，我们曾一起在飞机上看了皮克斯制作的《怪兽电力公司》。发现女主角"阿布Boo"正是Eric日常对我的呼名，而片里，阿布叫苏利文"猫咪"，也正是Eric在家，如果与我相隔太远，我得提高八度，像个小女生那样尖起声，拉长"咪"字才能找到他的方法。

就这样，我还是阿布，但聋猫Eric在我俩之间又得了一个"毛怪"的别称。每当我这样叫他时，他就故意把下巴再往前推成一个大戽斗，两片嘴唇紧收为薄片，再弯成苏利文式的微笑，然后倚墙站出海报上，那一手闲散叉腰，一手摸着大眼仔的潇洒姿势。

我揉揉眼睛，起先以为是《乱世佳人》里饰演白船长的那个克拉克·盖博呢！再仔细一看，原来还是我的龙猫，还是那只不大帅的大毛怪！

对下一辈子再厮守这件事，
多数的男生也跟我爸爸一样，
以为自己一定会当选连任，
却没想到，多数的太太跟我妈妈一样，
心里还在犹豫着，下辈子嫁是不嫁？

问世间情为何物

我不像有些夫妻那样能正确地、典型化地分析自己的婚姻关系，说出彼此之间是以相辅相成、互扯抵消或长短互补的形式一起生活。我对自己的婚姻关系没有这么清楚的看法。Eric跟我，谁急、谁缓；谁积极、谁保守；谁决定、谁配合也说不清楚，要做最仔细的形容，我会说：我不是急惊风，他也不是慢郎中。

夫妻的搭配，单从外表怎么都看不出真相；即使经常相处的朋友，也因为不能面面都接触得到而难免会以偏看全，做错描述。很多人在听到别人描述自己的时候，会“吓一跳”，想道：这跟自觉怎么差别那么大？所以我们就该学会，不要随便概念式地去解释别人；更不要随便自以为了解地去分析别人的婚姻质地。元好问那首脍炙人口的词《摸鱼儿》一开头就是大哉问，问什么呢？“问世间情为何物”，所有的浪漫少女，一下子就把“直教生死相许”这下一句熟记了，不只熟记，还感动不已。没想到，问问婚姻里的老前辈。他们看看过去，仔细想来“问世间情为何物”啊，“便是一物克一物”。

我的爸妈从外表到性情都很不一样，他们的不一样，在我看赵元任的太太杨步伟的《一个女人的自传》和《赵家杂记》时，经常看到他们相处的影子。爸妈也跟赵元任夫妻一样，得到老天的恩赐一起庆祝过金婚，更还庆祝了钻石婚。但杨步伟在金婚时，接着胡适写给他们的银婚贺诗的接词：

吵吵争争五十年，人人反说好姻缘。元任欠我今生业，颠倒阴阳再团圆。

似乎这也是我爸爸对自己婚姻的看法。妈妈曾半真半假地说：这种幸福一次就够了，她愿意把这个荣幸让给别人。

每当我们说爸爸很有趣，妈妈就说，人很好，很有趣都没错，做朋友很好，当爸爸也很好，可是当他的太太是很辛苦的。这结论听得爸爸一头雾水，怎么可能这么努力的他，只适合当朋友却不能当丈夫呢？当时，他脸上露出百般的疑惑，完全不知道既经过六十几年严格的考验，怎么没有得到下一辈子绝对连任的保证？这么无情的评语他是无法接受的。那天，我们在父母大表白的话语里笑弯了腰，最可爱的是，爸爸本以为他自己像水果盒上印的广告词“自用送人两相宜”，没想到，妈妈竟然没有要跟他“颠倒阴阳再团圆”。

谁适合当谁的先生或太太，都只是客观的高明。问问当事人的意见，问问下一辈子的意愿，你就会发现，无论哪一段婚姻，都有诸如此类的幽默感。最主要的是，先生与太太其实感受到的并非同一种状况。有一次，一位先生跟我求救，说太太跟他吵架了，但最可爱的是，他也不知道“架”是从哪一刻起算的，他是直到太太跟他说“我要孩子”才知道他们对话里的严重性。但据这个头脑跟我爸爸一样一片模糊的先生说，他其实是在问他太太完全不同的一件事。想来，对爱情、对下一辈子再厮守这件事，多数的男生也跟我爸爸一样，以为自己一定会当选连任，却没想到，多数的太太跟我妈妈一样，结婚以来，每一年得罪过她的话，一个字都不曾忘却，她心里还在犹豫着，把我说成这样的人，下辈子嫁是不嫁?

我觉得男人保持沉默也好，免得年老无事，秋后算起账来，利息还不完。还不起利息也就算了，最糟的是，这个欠债的人根本就不知道是在哪天得罪了他的糟糠妻与意中人。就再以我爸爸为例，他是无意中，在儿孙满堂之后，不小心地利上加利，欠下这一辈子的言语债。起因是我们问了爸爸一九五五年的夏天，相亲第一眼看到的母亲时，留下什么印象。男生应该熟记，这种答案只能在以下任选一组自己说得自然的词：“惊为天人”“气质出众”“秀外慧中”。没想到中文不好，被誉为诚实敦厚、拙言寡语的爸爸，在我们的期待下，想了一想说：“怎么那么高大！”自此，他晚年都为这句话付出自己也不相信的代价；也自此，他不再得到能蝉联下一辈子爱情的保证。

当了三十年的夫妻，实不相瞒，Eric也问过我，下一辈子颠倒阴阳再团圆的问题，他脸上露出了一点点“提前预约，保证有位”的友善，但我以现实考虑了一下，诚实地回答他说：“等我看看你变成女生好不好看再说！”

“品味”这两个字，对我来说，并不是人与环境的联系与互动，而是人在一方，发表着自己对于物质的选择意见。自高或捧人时可以用“品味”。但母亲的意思只是让我觉得，我的家，一看就与我的生活深有融合，环绕在同一种气氛里；在这种气氛下，贫富、贵贱、高低、眼光或品味这种字全派不上用场，它只是一个人跟自己的生活最坦然的相对。

住

环屋四顾，我看到的不是那纯然的实与空，
而是这不知是匆匆还是漫漫的十年里，生活跟我之间的相互形塑。
我看到的是一层层累积在墙、书、空气、光线里，
关于Eric跟我的确努力生活着的证据。

角落温情

记得几年前，妈妈有一次在我们家起居室的躺椅上待了好几个钟头。我以为她在小睡，没去打搅她。没想到休息中，她正到处打量着家里的角角落落。妈妈起身后跟我说："你们家从这里往那里看漂亮，从那里往这里看，也漂亮。你们家的漂亮，不是怎样的装潢或豪华。"接着，她用日化的英文说，是因为我的"感受够好"。

为什么我不用"品味"而用"感受"来翻译母亲的语言？因为"品味"这两个字，对我来说，并不是人与环境的联系与互动，而是人在一方，发表着自己对于物质的选择意见。自高或捧人时可以用"品味"，但母亲的意思似非如此。她只是让我觉得，我的家，一看就与我的生活深有融合，环绕在同一种气氛里；在这种气氛下，贫富、贵贱、高低、眼光或品味这种字全派不上用场，它只是一个人跟自己的生活最坦然的相对。

妈妈在躺椅到处看的角度，事实上是我自己并不常见的，只因搬到这个家之后的十年，我说不出自己有哪一段时间可以说是不忙，能安静地坐在起居室里，纯然体会物我两相看顾的心情。有时从生活里如获至宝地得到一段完整的时间，我总想待在书房，或去另一个工作室的书房。像母亲这样合情合理地环顾自己的生活角落，我自己都错过了。

这个家是我亲手设计装修的，妈妈所见的那些小地方，我当然不会不知道。当时，在一个毛坯屋里要下一墙、围一隔，要装置哪些器物，上了颜色的四壁之围，横直立面会产生什么样的变化，也全都在我的细细思量之中。只是，日子催赶着日子，工作催赶着我，给自己生活的角落深情的一瞥，往往也是才思量又已忘。

有一天，我终于放下手边的事，躺上母亲休息的那个角落，以她的眼光，仔仔细细地把自己的家里看上一看。没有想到，那一眼，竟让我眼泪忍不住地涌眶而出。环屋四顾，我看到的不是那纯然的实与空，而是这不知是匆匆还是漫漫的十年里，生活跟我之间的相互形塑。我看到的是一层层累积在墙、书、空气、光线里，关于Eric跟我的确努力生活着的证据。

我又想起自己多么喜欢的那首诗：

我到树林里去，我想用心地生活，我想深刻地活着，吸收生命所有的精华……彻底击溃任何分心，我不要到濒临死亡之刻，才发现，自己从来没有活过。

梭罗进树林里的背景与心情，我从阅读里得知很多。进入中年这十整年里，我们的努力与尽情，也许，生活的角落也了解很深。

香槟玫瑰曾浪漫地带我走进婚姻，
教给我们把这个家的共同利益放在各自喜好之上，
并坦诚交换生活思考的习惯，
也教会我们浪漫的生活是从脚踏实地的持家里开出花朵的。

只因多谢刺玫瑰

Eric开始追求我的时候，经常送花给我；那时，我是成功大学的新鲜人。据一些初看到我的学姐们反映说，我的眼神使我看起来“好小”。我猜，她们要说的是，我没有大学生应有的成熟，我对环境总带着怯生生的距离感，这使得人们误以为我是追求梦幻情景的少女。这种印象大概也很强烈地影响了Eric，他从亲戚正式介绍我们认识之后，就开始南北奔跑，展开两地往返的远距追求。那几年里，他带来的花，永远是香槟色的玫瑰里点缀着白色的满天星或蕾丝；很美，也很不吻合我们那一代大学生的生活氛围。在结婚之前，我没有告诉Eric，在同学之间收到那样的花束，其实是让我感到有些尴尬的。

多年后，我认识了友爱街那位为Eric选花、看起来六十岁左右的和气妇

人。她一见到我，展现的是一种“谜底揭晓”的畅快。豪迈的语调与热情，环绕着她围着粗布半截围裙、壮硕肥胖的身形。我不敢相信，多年来我所收到那一束一束绑得那么雅致浪漫的玫瑰花，竟是出自一位与花束情调完全相反的长辈。初见面那天，她的手一边忙着安排配花，说话的嘴上还叼着一根烟，以全然的自信向我宣布她的权威：“这个少年仔要的每一朵花，都是我选的。他说你不喜欢带着桃色的粉红。”然后，她像一个母亲一样，上上下下地打量我一番，眯着眼睛对我笑时，叼在嘴边的烟还调皮地上下晃动着；我在花店里特有的光色下，只觉得害羞得感到晕眩。

婚后的第一年，我们借住在公婆台南的家。他们平日人都在台北，周末才南返，所以我们也算拥有小两口的生活。忙完婚礼所有的琐事后，好不容易在家里安定下来。我开开心心地下厨，正式揭开为人妻子的生活序幕。那个黄昏，Eric又从友爱街带回了一大束缀了满天星的香槟玫瑰。我把花松开，插在一只直式的玻璃壶里。我在壶下垫上一条瑞士织花蕾丝桌布，那是母亲为我准备的嫁妆。顿时，装修偏向中国情调的餐厅多了一点中西融合的气氛。那一大捧美丽的花我看了又看，心里却升起微微的不安。我已不再是一个只管收花当礼物的女朋友了，从今而后，我所要想的，是怎么跟Eric同心协力、分工持家，让我们的生活可以在每一方面都随着时间而有进展。

虽然，我从来没有问过Eric买一把玫瑰花用掉多少钱，但我建议他以后带回可以照顾的植物盆栽，这样，我们的家就不用担心美丽总是开谢匆匆。

婚后的几十年里，虽然我不是从此就不再插花，Eric也不是从此就不再买玫瑰，但是，我们一直把这个家共同的利益放在各自的喜好之上，并坦诚交换生活思考的习惯，却是那把婚后玫瑰教给我们的。我还是喜欢香槟玫瑰的柔美和蕾丝花的轻盈，它们曾浪漫地带我走进婚姻，也教会我浪漫的生活是从脚踏实地的持家里开出花朵的，一如玻璃花瓶里的梦幻，是栽自泥土的角落一样的合情合理。

一看到窗，
在脑中就会开始许多关于生活的联想。
我对窗户的拨拨弄弄，
完全出于“己悦”。

我是一个窗户迷

我是一个“窗户迷”，一看到窗，在脑中就会开始许多关于生活的联想。这些想法如果是属于自己的，那就是生活里的整理与装帧；如果是别人的，也只是不侵犯隐私的想象。从窗户开始的想象如灯谜或拼图游戏，只能从一格中的景物中发展联想力，可惜的是，除了店家的橱窗之外，其他的猜测都没有被证实的机会。

我所住过的每一个家都有很多窗户，幸运的是，这些窗户因为有足够的隐私而能尽我所用。窗户对生活是如此重要，不只让空气流动，允许光线进出，更因为有窗，人不感觉被幽禁起来。我的窗，多数开向没有他人眼睛可以自由投射而来的方向，我不用“窥看”的原因，是因为在这个人与人相处得这么紧密的现代都市，家与家户户相连，在对望的集合建筑里，我相信多数人并不是不愿管理自己对他人生活的好奇，而是他们的眼光被空间强迫了，不得不面对他人的窗前。杨万里诗里那种“梅子流酸溅齿牙，芭蕉分绿上窗纱。日长睡起无情思，闲看儿童捉柳花”的画面，毕竟不是都市人的视界。

窗户对生活的内部有截取与强调的作用，所以，有一部分的窗帘可以说是我们为生活加框的眼光。就如同一幅画，不同的人会决定它的呈现；有的人喜欢华丽、隆重的感觉，就以雕刻的框、层次的卡纸突出气氛；有的人以简单、朴素来衬托他所喜欢的样貌。这就像女人在眉眼之间所做的文章一样，每一笔浓淡、每一抹加色都有设想，是一种己悦而容的打点。

我对我的窗户的拨拨弄弄，完全就出于“己悦”。几层不同的窗帘为的是该浓可以浓，想淡也能淡的自由。谁都没有能力可以要求天光改变强度，但在一天里的不同时间，我可以因为转换窗帘而拥有欢喜的光线。有时候，阳光开始斜照，我在只拉下平帘的书房里坐在沙发上看书，一抬头，看到远处前方一大幢的建筑物，它们在帘里竟出现了维米尔画风里的气氛，光影为空间带来了无限的幻想。再晚一点，建筑物上了光，我还是透过帘子欣赏它们一会儿，谢谢远处邻居的慷慨借景。天又更暗了下来，我不满足了，和夜幕对拉起我的帘子，这样，我可以更清晰地享受窗外的霞光万千。

那同样的一个景，从我们卧室的“ㄇ”形大窗、浴室的半腰窗、餐厅对开的外推窗，和起居室的落地窗看出去，因为角度不同而有不同的情趣。不知道多少晨曦与暮霭里，我从室内的一角往我的窗户望出去，先看到框在我生活里的景物室内与屋外交映的感觉，在调整眼光之后，我的心就像走出框外去享受更宽阔的天际变化。

我一直都是早起的人，“晓窗分与读书灯”是诗人早已替光画出的实景。我起床后的行动步骤，十年如一日：从房间走出，先进餐厅按下咖啡机温机，再把所有书架与餐柜的间照都打开，然后走到每一个房间的每一扇窗户前，去把窗帘开到跟当天光照协调到最好的状况，这一切都妥当了，我才会进浴室梳洗。因为主卧室有一扇很大的窗户可以看到远山，梳洗时，我的目光也总是盯着窗外，而不是镜子。离开浴室后，我先煮一杯咖啡，开始我的朝读或晨写。这时，Eric通常还在被窝里酣睡。我喜欢看他沉沉睡着的样子，因为这种模样，是总比他早睡的我所见不到的。我相信所有结婚生子的女性，都能同感我所说的体会，那眼见丈夫或孩子安然入睡、无忧高眠的安慰与快乐，是一个家庭诸事平安、健康快乐的明证。

晚餐过后，就在我把厨房收拾妥当之后，

进卧室总会看到，卧室的落地帘已拉好了，床头开着灯，大罩不见了；

那高高、舒松的床，慈祥地对我发出温柔但权威的宣告：

“今天工作到此为止，休息！”

床与铺床

我们家主卧室的床，几十年来都是Eric负责铺的，但我必须得意地说，怎么把床铺得够漂亮，可是我启蒙于他的。

正如韩愈所言：“师不必贤于弟子，弟子不必不如师。”我这徒弟学着、学着，就不怎么欣赏我这个老师执行的某个工序了。Eric讲究效率，他对于我“打开”“铺展”“这里折折，那里拉拉”就能使一张床更美丽的功夫，完全甘拜下风，但对于我晚上收床罩的有勇无谋，胡乱一通，却全不赞赏。

掀床罩时，我通常已累昏昏，完全没有脑力再去想效率的问题。我这一辈子除了重病之外，从没在白天睡过觉；黎明即起更是我的生活习惯。一整天充实地忙完，问心无愧地努力之后，上床准备睡觉，我视之为老天给我的酬劳。我要求的也不多，纯棉或麻布的洁净床单要拉得爽直紧绷，

温暖透气的被子要罩上纯棉密织的被套，宛如荷花轻轻地漂在床上的棉被是我洗烫时的动力，除了大罩无法在家处理之外，我并不送洗贴身的床具用品，自己洗烫时，除了清洁感之外，也有一种自给自足的快乐。

为了看书，我床头多了几只可以垫背的枕头，以应付阅读时所需的不同斜度。诗是可以半躺着读，在昏昏睡去时，书一丢，心也刚好随梦而去。但严肃一点的书，就自然会坐得挺一点，那是身体的高度想配上心情高度的自然，多几颗枕头，多一点支持。最近，我也常在床上看小朋友的功课，有时看着看着，精神越好，非常振奋，想到好几个可以教他们的念头。有时，Eric不只不搭我腔，还会抢下我手上的作业，拉掉支持我九十度端坐的枕头，他说再看，就整天都不用休息了。

勤劳如牛的我，为了尽快享受一天努力工作之后的回报，根本顾不得掀开床罩与隔天再铺上去的效率关系。我只想赶快躺上我的床，钻进我的被，赶快打开我的书，根本不想“床罩掀得好，明天会更好”这种远虑与

近忧的基本道理。

但我的丈夫、我那一手训练起来的铺床徒弟却不一样；他最怕我去掀床罩，或说，他希望我不要去掀床罩。根据他几次教我时循循善诱里的说明，我虽然了解掀床一定要顺序折叠，这样早上就可以轻易捧来叠如厚方的大罩，大罩上床后左右上下翻开，立刻就能平铺成一片完美的覆盖。那种手法，正如包装设计师把一个漂亮的纸盒压扁的概念，我虽然拍手叫好，却不能在身体累，头脑空得只想看书时身体力行。于是，Eric决定要放弃教育我。他的话从“我教你”慢慢地改成“我来！我来！”。但他还发现，如果自己来不及，我还是乱掀一通。

现在，晚餐过后，就在我把厨房收拾妥当之后，我进卧室总会看到，卧室的落地帘已拉好了，床头开着灯，大罩不见了；那高高、舒松的床，慈祥地对我发出温柔但权威的宣告：“今天工作到此为止，休息！”

Eric握着我的手说老了一定“要好好练琴！好好练琴”！
我听到的是交缠着我们青春年少时的懵懂，
壮年忙碌缺少练习的遗憾，
和希望老年能好好重享我们曾在琴键上愉快交谈的浪漫与希望。

琴键上的希望

从我七岁开始，住过的家一直都有钢琴。婚后借居外国，我们也有过一台很漂亮的核桃木直立琴。但Eric跟我的琴都不算弹得太好。

从童年到少女时期，我曾有过一段很长的时间认真练琴。但跟我差一岁的Eric，却对自己学琴的经过，总抱着很深的遗憾。每次我们一起忆往各自的童年时，我可以感觉到，他多么希望曾经拥有童年时鞭策他练琴的长辈。

Eric觉得父母好疼他，无论在体能或意志上，总是在他遇到问题时，立刻保护他，怕他度不过挫折。他说小时候学钢琴好一段时间之后，遇到了瓶颈，爸妈为了怕他难过就说：“我们不要学了，反正男生也不一定要弹钢琴。”就这样，他收拾琴谱，不再认真识谱，不再和指法奋战。虽然

长大后，他很理解父母亲的爱，但更期待有一天要重拾自己对古典钢琴的用心。

大学时，Eric虽然心系古典钢琴，但在当时音乐教室的影响下，却没有再回头接续童年时的练琴经验。他弹起爵士钢琴，在班上的同乐会还被当成行云流水的弹奏者。我们认识之后，他好几次遗憾地提起自己在学琴初期缺乏严师，很羡慕那些努力练琴的人。我虽懂得他的心情，但进入婚姻生活后，更多的责任和目标，却让工作与音乐无关的我们，难得有时间能如愿地坐回钢琴前。好好练琴这回事，对非立志于上音乐系的学生来说，往往也只是有幸的青春学习。

中年过后，那有幸的学习感激，在我们较为缓和的生活节奏里钻进探出，童年或少时的遗憾，也没能使我们克服阶段任务的负担。有时两人忙累了，坐下来动一下手指的时候，感觉到生命的记忆与生活的轨迹，在日渐僵硬的指头中、心中的憧憬越来越模糊。我们都觉得奇怪，为什么小学时好好练过的曲谱，可以在两三次的重温里，就捡回来，但交往时一起四手联弹过的曲谱，却支离破碎。

有好几次，Eric握着我的手说老了一定“要好好练琴！好好练琴”时，有他自己都不期然的力度。我没有说，他这样握着我会让我感到一点疼痛。在他的声音里，我听到的是交缠着我们青春年少时的懵懂，壮年忙碌缺少练习的遗憾，和希望老年能好好重享我们曾在琴键上愉快交谈的浪漫与希望。

谁说遗憾不是希望的种子呢？

“旧”是一个充满了相处情意的单字。
长久相伴的生活物品，
是在有心的保护下产生了使用者自己才能体会得到的意义。

旧物里的深情

只要结婚够久的人，家里一定会有几件旧家具或旧物品。结婚三十年的我们，旧东西所占的百分比随着婚姻年份的增长而越来越高，也是理所当然。所幸，“旧”是一个充满了相处情意的单字。旧物里的精华，往往就称为古典。陈者不一定颓，旧物不一定要废，是大家都能同意的价值观。长久相伴的生活物品，是在有心的保护下产生了使用者自己才能体会得到的意义，所以，物品的“新”与“旧”虽然有时间作为客观的条件，但它的价值却永远是一种主观的认识。

生活里的物品，从新变旧是时间的工作；手艺高明的工匠，再刻意也复制不出时间灵活的影响。古董买卖并不是一种生活艺术，因为不靠人心而靠另一种鉴定来驱赶价值的是金钱买卖。可是，我相信每一个人的生活里也都有一些对自己来说，称得上古董的文物。

一起生活的旧物品，就是婚姻里的信物。白居易的长篇叙事诗《长恨歌》，方士在玲珑楼阁五云起的蓬莱宫中找到雪肤花貌、表字太真的仙子之后，还要核实一下她的身份才敢回报日夜思念的玄宗。而杨贵妃请方士代传寄语的时候，也知道只有让方士带回两人都认得的旧物，才有可能取信。于是她“唯将旧物表深情，钿合金钗寄将去”。可怜的是，两人共有记忆的物品要拿去是多么失落的割舍，只好寄一半，留一半，梨花带雨，依依不舍地分拆着饰物。在“钗留一股合一扇，钗擘黄金合分钿”中，引出了“但教心似金钿坚，天上人间会相见”的爱情信心。

虽然婚后三十年，国内、国外搬过好多次家，但Eric总同意我尽量保存可用的旧物，像旧沙发、餐桌椅，更别说相较轻便许多的餐具了。这种同意必须付出很多耐心与劳动的代价，以致有一次，多次帮我搬家的一位先生忍不住叫起来问道：“你上辈子到底是烧哪一种牌子的香，怎么有人要让你这样‘车跌翻’？”直译这句闽南话就是“翻天覆地”。

我翻来覆去的，也不过是旧家具。就像现在家里起居室这组滚柚木的藤编大沙发，宽且厚，连椅套都没换过，但已用了二十几年。有时，我无意中看到某些新家具，也不是没有动过换一组新沙发的念头，但只要再看一眼，那充满回忆与经过时间考验而出的质地，就掩盖过我单只想到要用除旧来布新的念头。

我当然知道旧物不一定要除，但新的意义却要以维护来重新表达爱与惜。比如说，再加另一只靠垫，或更动一下它所在的老位置，就往往让这组椅子再次展现它那无与伦比的隽永魅力。

生活里的旧东西，最常让我想起“耐用”的意义。不只是旧沙发、老餐桌，我们还有一部怎么都不舍得换掉的老车子。我对这部车的情感，深到害怕它有一天动不了。在我的眼睛里，那是这个品牌里最简洁美丽的款式，是我们俩在最辛苦的岁月里，常常在机场担任交接工作的亲切友伴。二十年了，玻璃还是那么澄澈，皮椅也一样坚实，但引擎启动的声音比年轻的车子大一点。有几次，我们也曾起了念头再换一部同款的新车，没想到，人跟车之间竟然也会有代沟。起了的心，却没能催足购买的欲望，因为，想到要先送走这部旧车的依依不舍，终究使我们决定换掉另一部车。

Eric跟旧东西之间的情意，更是相依相惜。他会修很多东西，连我不小心打断的、好喜欢的小汤匙，都可以帮我补起来。Eric说，东西不耐用，也会让人在轻易的物质替换里损失了感情，“耐”字的美，在生活里的人情世故中，班班可考。

我很记得从小妈妈教我用尽不同的方法清洁各种器物的沟槽细缝，有的是为了延长使用，有的是为了赏心悦目。当电子锅在市面上已经不知道翻新过几次设计，推出功能越来越多样的新品时，我们家那只老电子锅，还是那么美丽，餐餐为我们服务。它的存在，让我有一种好踏实的感觉，母亲亲手教导我具体的惜物，在仔细的动作中，慢慢转变为抽象的爱人能力。

东西可以旧，但要旧得极有精神；一如人可以老，但要充满生趣。我想，物的旧与人的老，都是年资的积极意义。我但愿家中的旧物与我们一起继续往前时，两不相弃、情深如昔。

我的真实生活是一餐餐张罗起来的，
而机遇也带我们天涯海角地走过，
那些一杯、一盘存下的生活，
再重，也是我想要好好地收存的纪念；
是我最普通的日子里，握在手中的天长地久。

我的生活容器、我的记忆容器

每次从洗碗机拿出那两个细藤包覆底座的玻璃杯时，Eric跟我总惊叹于它们的质量。家用洗碗机的温度大约是七十度，二十几年来，经常在一个半小时的洗程中涤洗，不但没有破坏它的美丽，反而把编藤里的每一个缝隙都清得干干净净。

家中柜里的餐具，大部分是三十年来陆续用过的容器，另有一部分是父母赠我的嫁妆，还有一小部分是奶奶与外婆用过的遗物，那些近百年的拖盘或杯皿，除了木质之外的餐具，我已不大舍得用，怕年久易碎的器具，在使用时碎了记忆，留不下父祖辈们代代持家的故事。

我的十个柜子，每柜有九层。每一层都密密实实地叠着杯、碗、盘、盅。有人问我，为什么需要这么多碗盘，这对我也是一个很难回答的问题。那些容器并不是家庭的摆饰，杯盘当中虽然有很多已不再能购得，却没有几件算得上名器。商业急着催促购买欲望，加快速度的汰旧换新，使许多好用、美丽实惠的碗盘不再出现了。我那些普通的餐具，竟有些成了稀器，自己觉得好珍惜。

餐具多了好重，又占空间，所以我并不以收集餐具为志向。但我的真实生活是一餐餐张罗起来的，而机遇也带我们天涯海角地走过，那些一杯、一盘存下的生活，再重，也是我想要好好地收存的纪念。

Eric跟我的饮食生活，不讲究流行；可以说，我们根本就反对那种生活的错觉与框架。但我认为，我为家庭所经营的日常生活，可以算是细致的；我所谓的细致，并不是物质等级的要求，而是我对每一餐充满从长计议的心思；那些心思的仔仔细细，使我在不断反复的琐事中得到充分的乐趣。什么是我自认为从长计议的生活呢？简单说来，就是每一餐要吻合我们的生活节奏。时间紧，回家后要如何尽快开饭；万一有剩菜，下一餐要如何改头换面再出现。从长计议的生活，就像烫过的衣物，它的可爱与舒服，都是因为维持与爱护而得到的新价值。

但是，饮食这件事的物质条件是充满限制的，要重创新价值，除了调理的心思之外，我的餐具也居功不小。再会做菜，也不可能餐餐都能变出新花样，因为，并不是在做菜的时候刻意求变，就会同时带来美味的结果。就说家人百吃不腻的那道糖醋排骨吧！我出锅前，总会想一想该用哪只盘盅来装，不让它的熟悉成为一种缺乏惊喜的无感。

我曾看过有一个拥有很多餐具的老人，晚年跟生活容器相伴却无法

打理的凄凉。那是二十几年前陪父母一起去日本探望父亲年少旅居静冈县时寄居的长辈。这个独居家中的老奶奶，因为曾是花艺教学的老师，又热爱烹饪，家里的餐具、花器多到难以计数。所有的餐具都堆放在一个房间里，布满尘埃，就像一个小型的库房。我看了之后，也想过自己长此以往，这些沉重的器具有一天一定会带来负担，所以，我得到的教训是，要尽可能地善用它们，等到有一天用不动了，就应该把它们转赠给对生活有相同概念的晚辈。晚辈也未必见得一定要是子女或亲戚，只要是能爱物惜物，能与这些容器不停创造生活新意的使用者，相信就是这些杯盘的知音。这样，它们装完我的生活内容之后，又可以连载另一个家庭的故事。

我喜欢长久，喜欢生活杂务做完再来的必然。那种可以“再来”的感觉，并不是厌烦而是希望。所以，我会好好地把这些餐具用下去，不只用，在清洗与收存的每一个动作中，我还可以感觉到自己用一种全新的心情在呵护它们；那一杯一盘，是我最普通的日子里，握在手中的天长地久。

虽然蜡烛小，
但它照在空间比灯光更能让我感觉到暖意，
烛光的倒影也常触动我对人心温暖的了解。

在烛光里

上过我的课的学生们都知道，蜡烛在我的生活里有多重要。即使不少人曾看过蜡烛在我几个不同的工作空间中所发挥的实用性与装饰作用，但蜡烛所带给我的生活趣味，还是远超过那短暂的印象，也超过我自己的语言所能描述。

照明跟空间的关系不只是实用的意义，光线还能改变生活的心情，在无意中影响了人的行为。我很少在烛光下听到旁若无人的大声谈话，人们似乎在幽微的灯光里会比光线通明下显得宁静一些。这也是我喜欢蜡烛的原因之一。

现代建筑在安排灯光上多采用上照，而蜡烛摆置的地位比灯光低，所以，它创造了环境中的侧光，使室内的生活有了像白天有光线时所产生的

立体感，这是我喜欢蜡烛的理由之一，而烛光随着室内的空气流动时，它明灭的摇曳更有灯饰所无法比美的生动。

虽然蜡烛小，但它照在空间比灯光更能让我感觉到暖意，烛光的倒影也常触动我对人心温暖的了解。有时上完一整天的课，我已精疲力竭、饥肠辘辘。如果还有学生因有疑问留下来，我们会在烛光里喝啤酒吃小点心，继续课堂上没能讨论完的问题。最难忘的是冬天，时未太迟，日照已收，夜色提前赶到。我点上蜡烛，大家坐在落地窗前的长桌上促膝谈心，真是美丽的景象。四周的幽暗衬托了桌上烛光的暖意，在座者如果不是母亲，也是女儿，彼此都能了解做母亲共有的忧烦喜乐，而我通常就是长桌上年纪最长的一个；不只年纪最长，当母亲的资历也最深。通过那一张张可称为妹妹或女儿的真挚脸上，我不只看到映在餐具柜上烛光的宁静，也感觉到流动在我们之间那片倾心相助，彼此打气的友爱。

并不是每一个人都能欣赏像我这样在居家与工作里常用烛光的习惯；我的手足就笑我像一只蝙蝠，还好，我嫁了一个不只可以接受我的喜好还经常记得帮我点起家中蜡烛的人。

家里入口的玄关，放着一张高背椅子给穿鞋用。椅子的旁边，永远亮着一盏装在玻璃挂架上的电烛。我们工作常忙到天黑才回到家，有了这盏烛光，不管多晚，开门见到的都不是漆黑的暗室，而是温柔的欢迎、疲倦的抚慰。

餐桌上的烛光对我来说更是重要。孩子长大了，只有夫妻两个人吃饭会不会寂寞？说真的，是一点都不，因为在餐桌烛光下，我们重温初婚时对生活情趣的讲究，但在同样温和光晕映照下，无论是我洗手做羹汤的能力或夫妻俩交谈的范围都比遥远日子里的年轻心境更宽广、快乐、沉稳。烛光里餐桌上的宁静，也许是我们辗转在不同国度，在节奏变动的生活中，唯一不变的想望与实践。

有时孩子回家聚餐，或偶尔朋友来访小酌，我就把喜悦从小型的温和烛照，放大为极有规模的蜡烛摆设，但愿我欢喜与欢迎的心，轻轻跳跃的光动也会代为表达。

我曾想过，Eric之所以能了解我对烛光的偏爱，跟他在大学起就开始拍照是不是有很深的关系？他因为需要思考并摸索着一瞬间里的光影变化，才能如此了解光温对我有着视觉与心灵感受的双重意义。

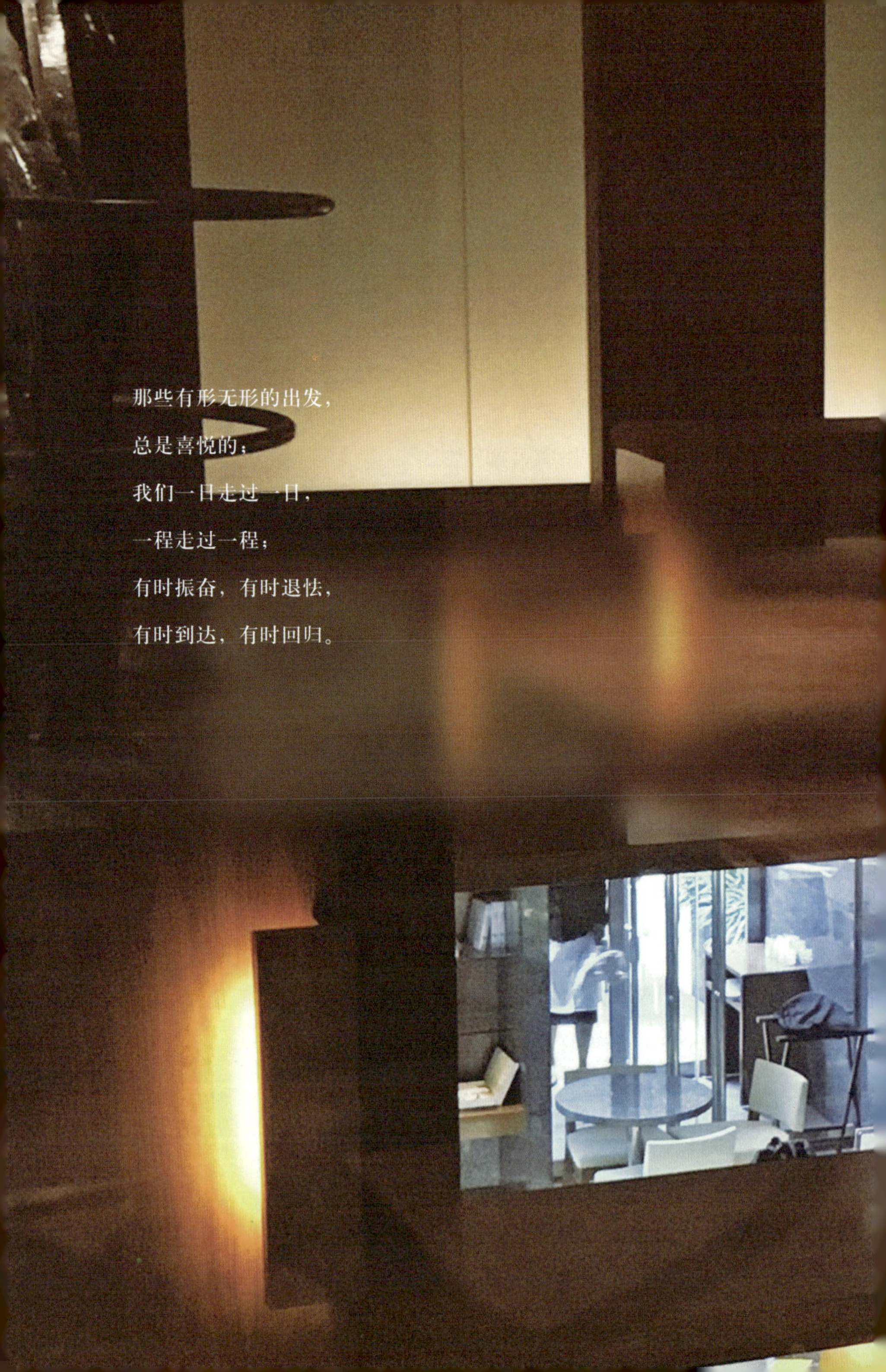

那些有形无形的出发，

总是喜悦的；

我们一日走过一日，

一程走过一程；

有时振奋，有时退怯，

有时到达，有时回归。

行

最好的旅行还是Eric跟我两人成团的单独出游。
旅行，有时候真是可以小而美，新奇到不可思议。
从三峡接不同路线的公交车慢慢坐到台北东区，
就是我想了好几年才完成的小旅行。

小旅行

Eric跟我对旅行完全没有计划，既没想过一年该出去几次才算是有质量的生活，也没有过人生在世就要把世界走完的壮志。我们既在物质生活的同质与商业跨国的形式里相信“It's a small world after all”，又同时矛盾地觉得，世界毕竟好大，连一个住了好几年的城市，也有好多不曾踏足的街道。一有机会走到了，更发现一样日出日落里的生活，也有好多看不完的新鲜事。

现在的人大概不会再用“胜”字来比较行万里路与读万卷书的关系；旅行与读书，也从来都是胜负难分，同时可用来了解世界的不同途径。在书中旅行的趣味，对我们来说，并不亚于走路出门；阅读在时间与地理上的跨度又远又大，这种旅行，很难不让人觉得自己是一个超人，而且那种

旅行耐人寻味的程度，也往往改变了预定的行程。但实际打包行李，走出家门的旅行，又有读书所没有的现实感。实际的交通工具带我们抵达了一个个即使雷同，也的确不一样的地方，使我们看到，并有机会跟其他人一起工作、休息和娱乐。

结婚之后，一起出游的伙伴越分越复杂。朋友不说，单只家人就分小家庭自己、夫家与娘家。夫家或娘家，又各因成员人数不同而形成不同的出游规模。等家人陆续又有了孩子之后，情况还会更复杂。虽说各种组合各有乐趣，但大概谁也不敢说，哪家没有自己的小问题。家庭人际问题一直都是敏感纤细的牵动，一趟旅行回来，身心俱疲的状况绝不在少数。所以，如果可以凭良心、说真话而不得罪任何人，我会说，最好的旅行还是Eric跟我两人成团的单独出游。

Eric跟我，除了喜好互知，行动力强之外，最重要的是，我们对任何行程的改变绝不互相抱怨。就这样幽自己一默吧！我们的婚后人生可以说是在计划与变化中旅行，所以，如果在真实的旅行里有任何改变，我们也已经习惯地以一种“必要”来看待行程的变动，而不当它是“不顺心”或“不顺利”。更奇怪的是，我们也常常在同一个时间做出“进”或“退”的打算，彼此赞同而不是互相忍耐，节省了不少时间与精力。

我高中的时候，对出世、入世还不很了解，却故作解事的在一本《史怀哲传记》上写着“入世的有为，出世的淡泊”。又过了四十年后我才知道，我不管从哪一个角度看，都只能算是一个非常入世的人。我对所有生存下来的条件与有可能生活得更幸福的方法，都有浓厚的兴趣；相较于“独特的”又对“普遍的”生活方式更关怀注意；我对“享受”与“受苦”想的一样多，对丰富和简单也同怀珍惜。这种生活的好奇心，既遗传自父亲，也堆栈于我自己五十几年来的生活感知。

出门旅行，我除了爱看别人怎么在柴米油盐酱醋茶里生活之外，更对一个社会以什么的生活质量来思考人的病痛感到好奇。我也会为了好奇而绕进诊所或医院去看看；看看空间陈设，也看看身在其间的人们期待帮助的神情。有一次，我真是好奇到不知怎么说了，不只进去看诊所，还为了证实医生诊间的气息，与医生如何望闻问切而去挂了号。这种奇怪的心情，Eric总是了解，至少，我相信他起先或许觉得我很怪，但慢慢地也就见怪而不怪了；等过了几年，他跟着也怪了起来，有时竟比我更先注意到原本只有我才感兴趣的事，于是，我们就更常一起兴致勃勃地去看这个世界，一起交换心里深处的所思所感。

旅行，有时候真是可以小而美，新奇到不可思议。但越是唾手可得的愿望，如果不刻意相求，几年下来也会搁在梦里。从三峡接不同路线的公交车慢慢坐到台北东区，就是我想了好几年才完成的小旅行。那天坐在车上，Eric跟我讲他的小时候的事，说大概是四五年级的时候，有时从新生南路搭公交车去上学，车票是八毛。如果拿一块钱购票，因为当时缺硬币，所以就不找回两毛钱，而是找还一颗酸梅；当时的酸梅，市面售价刚好两毛。我问他，得到酸梅很高兴吗？他开心地笑着说："也蛮好的，直接塞进嘴巴。"又带着人在回忆里才有的一种悠远的笑意，与不可思议的神情说："喔！但是车掌好凶，每个都好凶！"

台北市木头地板和酸梅当找钱的公交车时代，我还在台东成功镇长大，没能与Eric的记忆并肩齐步。但在这样一趟小旅行里，一起漫步走回他在不同地点长大的街道巷弄，补齐我们未相遇前各自对社会环境的记忆时，我体会到自己并未预期的滋味。我喜欢把他的回忆记在心里，有时熟悉到会误以为自己也在他的记忆场景里长大。这时，我会想起拥有"青梅竹马"爱情的人，在老年夫妻的回忆里，又是怎么样的一种珍宝！

不爱走路的我，
却嫁给了很爱走路的Eric。
行路难！行路难！
“踏不出去”正是我们无法夫唱妇随的真正难。

走路与散步

熟识的人都知道我不爱运动，运动中最简单、最被大力推荐的走路，我更不喜欢。为了Eric，我曾下定决心，要每天陪他去走路，这是医生给他的处方之一。但话才说完的那个下午，我就跟穿好运动鞋，在玄关等我的Eric说：“你去走，我留在家里做晚餐，这样你回来洗个澡，我们就会有很好的晚餐吃了。”

我之所以非常了解赖皮者的心情，多半是从自己在运动的承诺与反悔之间所得到的体悟。

我不爱运动，却是一个人人可见证的、算起来十分勤劳的人。喜欢运动但不勤劳的人有之，但因为为数不少，大家就见怪不怪了。但不喜欢运动却勤劳的人，到底是怎么样的一种性格，我跟别人一样好奇，很想探个究竟。所以，我开始用最普通的逻辑，与一点点福尔摩斯的精神找答案。

首先，从基因想起。

我没有运动细胞?

也没有运动精神?

但我的爸爸大学时是体操队的，也是很厉害的棒球打击手。妈妈高中时在排球校队，曾在七十几年前，代表高雄女中去打全省校际赛。所以，我有很好的运动基因。

那，是因为我自小体弱，所以不适合运动？自小体弱是事实，只是，我在打扫与所有的劳务上，又从小就表现出过人的体力。两点仔细检查过后，我就觉得此案不查可也，其中的矛盾，他人看我，就像我看别人一样的不解，除非把我绑起来，否则一定没办法让我坐在瑜伽垫子上。

有一阵子，我觉得身体不大舒服，跟着Eric去看他的心脏科医生。我跟医生说："我说不出哪里不舒服，工作的时候觉得精神很好，但不工作的时候，全身不对劲。"我诚恳地想问一下医生，下了很大的决心才说："你看我是不是有什么病？"那耐心十足的医生慢条斯理地笑了，他说："工作时没有不舒服，就没有生病。"接着他说的是人人都会，也都爱说的一句话："你要运动！"我只好诚实以告："可是医生，我只喜欢劳务的动，我不喜欢运动。"医生笑得更讶异了一些，而且很可佩的是，他竟然没有按照这类对话的固定台词接下去说："运动跟劳动不一样。"他说的是："我从来没听过有人这样说。"然后带点无奈，好像懊恼不能给我一些更好的建议，很抱歉似的微微红了脸。

我突然想起，好久好久以前看过一个笑话，说有一位老奶奶从复健科跑掉了，好几个月都没有再出现。他的家人接到医院的旷诊通知之后，责备她，老奶奶说："我去医院，医生叫我先拿两个哑铃，放下，然后叫我把双手举起来，往右画五圈，再往左画五圈，就这几个动作重复半个小时。我回家后，提一桶水，拿着抹布，放下水桶，朝着我的玻璃向右画五圈，再向左画五圈。两个星期以来，每天擦半个钟头之后，我的手好了，我的每一片玻璃也都亮晶晶了。"我本想说说这个故事给医生听的，但看到后面大排长龙的病患正等着他的仁心仁术，立刻起身道谢，又一次口是心非地答应说："回家我会尽量找机会运动。"

不爱走路的我，却嫁给了很爱走路的Eric。我有时候不能不生气的是，外出时，他不只爱走，走得又快。他比我高二十厘米，步伐的跨度当然也比我大很多，大家绝不可小看那一步之差，因为，每一步差一点，几步下来就等于我在追他。还好我不是穿和服踩小碎步的日本女性，要不然，追起来更不知道有多辛苦。这种辛苦又让我找到了一个除了留在家里做饭之外，不跟他一起走路的好理由了：我怕耽误他那一天上万步的行程！

Eric有时说，那不把走路当刻意运动的目标，我们去散散步也很好。我完全同意，这真是个美妙的提议，"散"字多闲适，像苏轼与张怀民那种散步，多美！乘兴而起，尽兴而归：

何夜无月，何处无竹柏，但少闲人如吾两人耳。

但我转念一想，散步也只是慢一点的走路而已，他只是要骗我出去运动；在家走来走去，不也蛮好的吗？

就这样，行路难！行路难！"踏不出去"正是我们无法夫唱妇随的真正难。

我老的时候，要开一部外型可爱，但可爱里要透着坚固的车，
它要有风采，还要一看就有旧时日里人们的喜爱。
我更想要的，还是车里的我们俩，
慢慢能拥有沉稳的外表，可爱的精神，
和随着岁月日增的处世智慧。

代步工具

我对汽车没有任何迷恋，但我总是爱看“一对夫妻”坐在车子里的模样。这种印象得自少女时代和爸妈重看一部老电影《猜猜谁来吃晚餐》（*Guess Who's Coming to Dinner*）。我觉得斯宾赛·屈塞和凯瑟琳·赫本开着车去喝咖啡、吃冰淇淋的感觉好迷人！但回想起来，使我印象深刻的既不是汽车，也不是冰淇淋或咖啡，而是电影里充满的人性：一对夫妻、一家人，在生活里遇到问题时，他们之间坦然交换价值观，彼此了解的过程。

年少时的印象，有时会在人心里留下一种愿望；我因为这部电影，而把自己老年后要开什么车的计划也早早放在心上了！我想我老的时候，要开一部外型可爱，但可爱里要透着坚固的车，它要有风采，但还要一看就有旧时日里人们的喜爱。虽然可爱，但我要为它选上一种不可爱的颜色，因为这部车得协调我的年纪，所以，它得是非常稳重、有穿越岁月风霜的美丽。

我很早就会开车。因为念高中寒暑假回家时，爸爸喜欢带我去市郊没有人的车道上练车。爸爸要我们懂生活中所有的事，知识如太空科学、食品营养；生活如开车、游泳。他自己还会钓鱼打猎。也许，又因为我总是给人内向娇弱的感觉，爸爸就更要亲自教会我操作机器的种种生活技能。

那时，家里的车是福斯的Golf，因没有后备厢，妈妈总用台语叫它“无尾鹌鹑”。“无尾鹌鹑”加上《猜猜谁来吃晚餐》的影响，我年轻时就决定，老的时候如果够幸运，要和一个知心的伴侣开一部可爱的金龟车。遗憾的是，在还没等到我老之前，金龟车就已经改型。没有金属框架的Beetle对我来说等于是梦的破灭，它少了我对“老而弥坚”的期待，可爱得像一部玩具车。这几十年里，我有时会想，糟了，等我老的时候，要开什么车呢？

虽然，我很早就会开车，但等拿到驾照时，已经是要生第二个孩子的准妈妈了。我急急去拿执照只因Eric工作忙，我希望生完Pony之后可以一人带两个孩子，自己开车更有行动力。就这样，我的第一个教练是父亲，第二个真正训练我把车开好的是先生；但收走我教练费的，却是汽车驾驶训练班。交了补习费，我并没有上完课。教练那一套向右打几圈，向左转多少的语言，我几乎听不懂，而要我把车开到他吐下槟榔汁做记号的地方，对我更难上加难。几堂课之后我就逃学了，却因为有交训练费而可以早一点去考试；再不考，我都要去待产了。

对我来说，和谐地在离合器与油门之间换挡、上坡起步、路边停车都不难，我八个多月的身孕，也许也让考官觉得来势汹汹，总而言之，我一试就过了关。执照到手前，属于我自己的第一部车，红色自排小钢炮Mini Austin已经到港。我先是载着Abby跑东跑西，过一个月生完Pony出月子后，就已经能够尽量不麻烦Eric接送，好好地当起两个孩子的行动妈妈。

我心里是很不想开大红色车的，但就如一开始所说，车对我来说最重要的意义是代步、是实用地增加生活效率。如果为了开喜欢的颜色再等下一批船，又是好几个月之后的事，我很愿意为这种事退而求其次。

小车很方便，我把小婴儿连提篮摆在后座，三岁的大孩子摆在前座，买菜杂务做得很顺手，但才过几个月，我就提议跟Eric交换车。因为一百八十厘米的他坐在车子里简直就塞满了，看起来很好玩，而我开着他长长的、大大的美国车，车上有一堆新奇的按钮，对我来说也很好玩。但是，我对于车子的热情与研究精神，始终维持不过几个小时。

从红色Mini到年过五十五，我没有想过二十七年后，当我们因为家里需要换一部车时，我又认真地想起老年生活的愿望了。看过几部高大、方便郊游踏青的休旅车之后，我说起年轻时放在心上那个想望，没想到Eric马上说，我们再去看看Mini。

看车那一天，刚好是我们的珍珠婚纪念日。在外面吃了一顿丰盛的午餐之后，我们去了汽车展示中心，巧合地看到了即将推出的新车款，在可爱里竟多了一点老成，而比原来长一点的空间，更符合我们的需要。很快做下决定之后，我为它配了车身与车顶的颜色，搭换了内装，再加几个手工配件，希望细节能抵消一点现代内装科技化的新潮感，增加稳重与坚实感，那是我对年长质地的愿望。

但车子毕竟只是代步工具，走出展示中心之后，我好久没有想起还没有到手中的车子。我想，我更想要的，还是车里的我们俩，慢慢能拥有沉稳的外表，可爱的精神，和随着岁月日增的处世智慧。

穿衣整衣，多么家常；洗衣收衣，多么平凡。

但所有的衣物正因这些反复的照顾，

它成了我的一种生活文学；

在污与洁净的转换里兴起一种希望，

在熨烫收挂里，流光溢彩。

衣

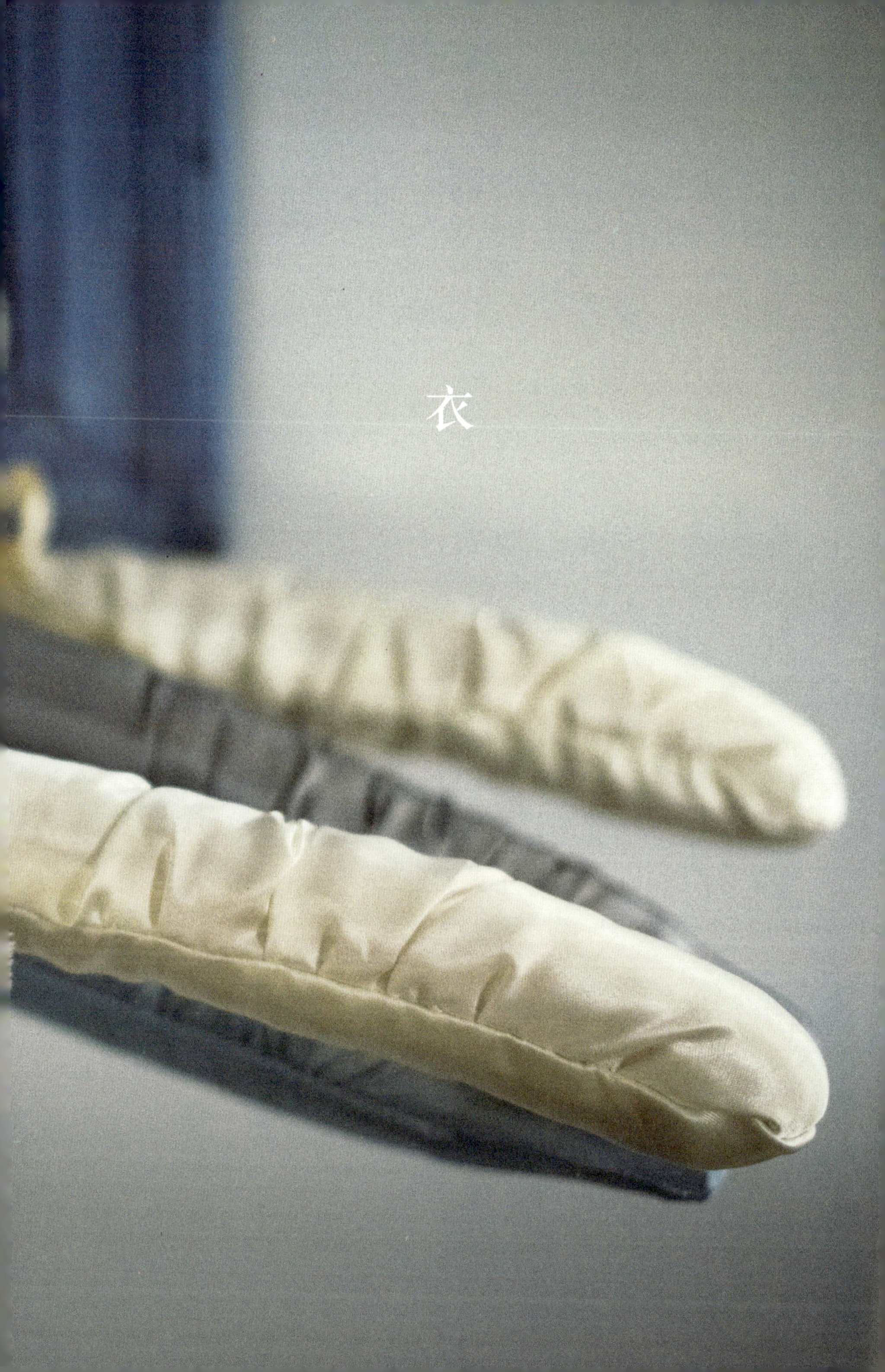

抽屉四密，垫着香纸，
在打开的那一刻，
清楚地分别了居家世界与外在天地。

抽屉乾坤

衣服收在五斗柜与撑挂在衣架上的情调不同。抽屉四密，垫着香纸，在打开的那一刻，清楚地分别了居家世界与外在天地；所以，我不在抽屉里放外衣。

我很喜欢放换洗衣物的那层抽屉，因为它们一片洁白，整整齐齐，跟围巾抽屉的各色花样，刚好是个强烈的对比。袜子球最可爱！袜子虽都是两只一对，但有长有短，很难安排。卷束成一球后，大小虽然不同，但乱中有了相同的外貌。放在一起就一点都不乱了。袜球是滚动的，所以还得有个约束。我在深抽屉里再放两个盒子，它们于是球球相傍，像罐里的糖果球。我们所有的袜球，颜色都在黑灰蓝米的浅淡里变化，那些大大小小的着地防护，是Eric与我每日鼓励自己“千里之行，始于足下”的踏实象征！

专放丝巾围脖那两层抽屉，是我衣柜里颜色最丰富的收纳。听人说过，围着围巾是我的穿着特色，但这个特色并不是我刻意营造的。我之所以常围着围巾，是因为日常中有太多时间需要“战斗”。在厨房里总是走动勤快，教学时无法着装厚重的衣服，所以，进出室内室外，脱穿外套与围巾，就成了穿着的必要。

所有的抽屉里，我最喜欢放睡衣的那一层；也许是因为当我会去开睡衣抽屉的那一刻，代表着我已经认真完成一天该做的事，我可以无愧地得到休息。那种快乐与起床等待暖机要喝一天里的第一杯咖啡，想到百务待成的兴奋又不同；疲倦之后得到宽心的休养与振奋着有目标可前进，完成生活的循环，两者之一太过，都不好，尤其在中年过后，太累，体能无法承受，太闲适，生活漫无目标。

休息虽然没有钟声，但打开抽屉那一刻，扑鼻而来的衣物香，让我听到，生活允许我暂时休息的钟声。抽屉里，Eric与我各自两套、一厚一薄的睡衣，有二重纱与纯棉布料的衣裤。他的浅蓝与我的浅粉色，可以互相搭配。另一套一样的格子布，也可以算是我们的家庭制服。

穿着睡衣，捧一本书坐上铺着洁白床单的高床时，无论身体多疲惫，我的心灵永远恬静，精神松弛。看完一段书之后，我就可以安然入睡，为平凡但完整无缺的一天，画下句号；明天，又是新的一天！

我眷恋，并且感谢家里许多老而弥坚的设备与用品。
因为，是它静静地看着我，
从少妇走向心情日渐宽舒的晚中年、近老年；
是它见证了我以从未荒废家务的双手，
来诉说对生活的看重与喜悦。

老而弥坚

烫好Eric的衬衫，套衣上架时，我总会想：该先扣好哪几个扣子，他穿的时候才会最方便，又不会遗漏掉该扣起来的部分，像是衣领上的两个旁扣。一定要好好整理先生的衣物，是婚前就看到妈妈为爸爸做了一辈子的事。虽然Eric比爸爸懂得打理这些身边小事，但我还是没能放下传统人妻该关心的琐事。我们整天匆匆忙忙，他穿衣时，我常常也正在忙着手边的事，很可能没有时间再看他一次。整衣熨烫时，心里想着先一步把可以做的事做好，以免他漏了应有的整齐。

而供应着我们生活整齐的，除了用心之外，更有一些让我心怀感谢的器具。耐用的器物，坚定了我从物质上得到的一种精神支持，那也许是我对用了就坏、坏了就换的物质新观念的不解。我眷恋，并且感谢家里许多老而弥坚的设备与用品。

老衣架、老熨马

说它们老，其实只是资历深，但状况一点都不差。我的熨衣架，从结婚那年就开始成为我的好朋友。不知道在它身上烫过多少衣物；从两个人的衣服、床单枕套，经过了婴儿的纱布衣、小女孩的各式装配，再回到只有我们两人的家。

它的坚实，三十年来如故，比现在讲求轻便的熨衣架宽大，稳重的支架，便手的收合结构和厚实的衬垫，帮助我一次又一次地把皱面理出光滑，把衣服上的荷叶缀饰重现生动的弯曲。每当我把一篮衣物、一堆抹布都整烫、折好之后，我觉得生活中许多等待着整顿的杂思，也都一一跟着那些熨轨而条理分明了。

每过几年，我会买块薄质的帆布，帮我的老熨马重新做一只新衣套上，因此它看起来就一点都不显得老旧，只比对出工作室新添烫架的摇晃不经。我希望它永远陪着我，因为，是它静静地看着我，从少妇走向心情日渐宽舒的晚中年、近老年；是它见证了我以从未荒废家务的双手，来诉说对生活的看重与喜悦。

衣架

柜中这些老衣架，从一九九六年住在曼谷家就开始撑架我们的衣物。缎面里有一层软软的棉花，轻薄的衣物因此就不怕被坚硬的支架撑出不应有的凸痕。米白、银灰、湖绿和浅蓝，每个都绑上同色的绢带，十几、二十年后，绢带吸收了空气中的湿气，沾染了一些杂质，都有些暗淡了。我去剪了几码新的缎带，为它们一一换上，绑上的缎带，被我结出一只只振翅欲飞的蝴蝶结，继续守护着我朴素，但已经足够的衣柜。

让一个人厌倦，但状况好极了的衣服，算是新衣，还是旧服？
每年都重穿，好好珍惜、不受厌倦的衣物，
算是旧衣或新服？
衣物与人的关系，辗转了千百年，
终究还是个生活里的哲学问题，是人与社会生活的符号相连。

新衣旧服

《世说新语》里有一篇很有趣的文章：

桓车骑不好著新衣，浴后，妇故送新衣与。车骑大怒，催使持去。妇更持还，传语云："衣不经新，何由而故？"桓公大笑，著之。

这篇收在第十九辑《贤媛》里的可爱记述，说的是车骑将军桓冲执意只穿旧衣服，因为，这是他自觉对节俭美德的日常实践，但是，他的妻子不同意这种做法，觉得这样刻意地做作，违背了衣物新旧历程的必然。有一天沐浴后，他们夫妻通过侍者，在新衣的还来故送里，代传话语中进行了一次沟通。太太说：新衣如果不穿，又怎么能有旧衣服呢？这篇有趣的文章，读过的人各有不同的想法；也有人说，桓公应该在太太故意送回新衣时，再幽默地回说：既有旧服，何必再制新衣。

我觉得桓车骑的运气真好，他娶到的不只是一个头脑清楚的女子，还懂得用聪明的方法“力荐”丈夫，逼他在没衣服穿的片刻，仔细想想。

生活在今天，我们谈衣服的新旧，最可怜的是没有办法像读这篇短文那样，把衣与生活关系想得如此明白易晓。穿衣的哲学，美的感受和通过物质流通而带动的经济希望，彻底地改变了衣服需不需要新添再购的基本思考。让一个人厌倦，但状况好极了的衣服，到底算是新衣，还是旧服？每年都重穿，好好珍惜、不受厌倦的衣物，算是旧衣还是新服？奇装异服的人，拥有的是藐视环境的独立见解，还是一种更屈服、害怕于不被接受的表达？盯紧流行的人，是随波逐流，还是对社会的改变敏感，深切掌握服饰的表意功能？仔细想想，衣物与人的关系，辗转了千百年，终究还是个生活里的哲学问题，是人与社会生活的符号相连。

算算，我穿衣的资历已经五十六年了。即使有过一大段穿制服的菁菁年岁，不用烦恼穿着打扮与社会规范的轻松时期，但变成了成人之后，如何穿着还是一份得慢慢在生活里学习的功课。学什么呢？应该是学，穿得“安闲自在”吧！学，不要误判穿衣的场合与需要；也学，不要以衣貌取人。

婚前，我并没有想过这一辈子，我得全盘打点丈夫所有的衣物，包含采选，更没有想到，我嫁的人会怕两件事：一是自己买衣，二是自己去理发。但我没有桓车骑的夫人那样灵巧，早早懂得对他说：头是长在你的脖子上，你不自己去理发，我不可能永远都能陪你。也是在陪过他之后，看到他在美容院那样坐立难安，匆匆想走的样子，我想到，何不自己帮他剪。所以，有好长的十几年里，他的头发都是由我信手处理的。

我有黄色剪发的披风，有刮刀，有打薄刀。有时出门旅行，这些家伙没带在身边，他又想剪头发时，我连指甲剪都可以派上用场。当然，也不是次次都很成功。记得有一次在瑞士，要去参加一场聚会前，他问可不可以修一下后面的头发，我一剪，剪出了小空洞，只好请他入座时，千万坐在最后一排，确定后顾无忧。从那一次之后，不画眉毛的我，也买了一支眉笔，以备不时之需。如今有了快速剪发，我不必再冒技术不足的风险，但还是跟着去，虽只停留不到五分钟，却可以感觉到操刀的人，觉得我们这对夫妻很讨厌，总由我说，后面推一下就好，前面完全不用动。但这种要求，总会得到没好气地回问："那要怎么接得起来。"我就得负责说："没关系，这样就好了！"接不起来，可是美发师名誉攸关的事，但我不敢说："我先生坚持他的前发要由我剪才好看。"好看？喔！不，我应该说："我剪，他才会觉得舒服。"

买衣服时也一样，柜上的人问我："他人有多高、多胖，有没有肚子？现在人在哪里？"我那样支支吾吾，难免让人别作他想。事实是，他觉得我决定就好，宁可把我放下车，等一下再来接，我久了也习惯，需要添衣时，心中拿捏尺寸也有一点笃定了。

婚后几十年，衣的新与旧，跟家具、餐具的新与旧，真有些不同。

我抚摸着资历堪称为"旧"，却被我保存得很好的衣物时，常想着该怎么处理这些状况还很好、但与自己的年岁气氛已不相称的东西。在收整当中，感觉到时光悠悠，日子没有新也没有旧，只是不停地向前。

把松脱的配件缝紧，把拉开的裂隙补好，
不只表达了使衣服更完整的力量，
更使我相信对待情感也要这样注意着修改缝补，
才能感受它的坚实耐用。

缝补修改

我从小就喜欢缝纫。又因为生活中的许多机缘，虽然不是专修服装科，甚至连一堂正规的缝纫课都没有学过，但做衣服的工序与工法对我来说却一点都不陌生。

我不是看轻服装的传承技术。我想表达的只是，在我受生活启蒙的年代，人们会基本的缝衣、煮饭、做菜都算不上才艺，这些只是活下来的基本能力。也许，我可以用一本书来讲解这种说法，那就是西周之后陆续成篇的《考工记》，这本书也是中国第一本手工艺的汇集书。

在《考工记》的总序里说："粤无镈，燕无函，秦无庐，胡无弓车。粤之无镈，非无镈也，夫人而能为镈也……"说的是，粤地没有以制作农具为生的工匠，并不是那里没有会制作农具的人，而是成年男子都能够制作自己需要的工具。以此推想其他地方，就知道这一段说的是生活供需以职业在一地存在的理由。这跟如今做菜、缝纫都被提升到一种生活的高调是截然不同的；我喜欢扎扎实实的生活！也唯有生活普遍程度都够好的时候，专业才能凸显它的可贵。

活过几十年的人，就有幸能看到衣物“商业化”与“趣味化”的完整转变。在童年的时候，何曾想过有一天，多数的人会想穿着同一种品牌的衣服，而且是以穿同样品牌衣物为一种认同或联盟。人们以眼光证明族群存在的观点是我所没有想过的。我以为买衣服是自己有多喜欢，或是这件衣服是否真正保暖、透凉的生活实用性，我买衣服无法把他人对价值的见解考虑其中。

因为不常想到别人的评价，有时候，就因此而体会到购买新衣的趣味。有一天，我穿了一件新买的衣服，但它的复古设计却迎来别人说我身材维持得很不错的赞美，看的人说：“连这么久之前的衣服都还穿得下，真不错！”她没说这件衣服式样旧的原因，有可能是状态看起来新。我回头想一下为这件衣服付出的代价，突然极悔恨，为什么不把几十年前的衣服全都留下，一一复出。不过，事实是，果真留下也穿不下，看的人还是暗暗会想：为什么要这么勉强地挤进那并不合体的空间。

衣服是容纳身体的空间，人人对此的信心不同，所以才总要听听别人的看法与意见。我改变衣服空间的方法是坐下来缝两针，解决这种说大不大，说小不小的烦恼。

小时候，安安静静缝一个下午的衣物从来都不是奢侈的事。当我在十几岁，渐渐对生活诸样事物都敏感万分的青春期时，那甚至是我跟大姨妈相处最安静甜美、全不畏惧她的权威的一种方式。没想到，生活的责任问也不问地纷至沓来，我越来越忙，能花心力在缝纫的时间越来越少。但缝衣与游泳、骑单车的问题一样，会了就永远不会忘。

有一段时候，我好想把自己那种“为生活而会”的体会传给小朋友，但慢慢地，我知道课堂学习对他们也只构成一种体验，或成为技术的旁观者而已。突然省悟了，我所经历的生活，我所拥有的想法，并不是因为我是一个特别的人，而是因为那是个特别的时代。哪里特别呢？简单地说，也许就是当我们看到一个摇摇欲坠的扣子时，一定会尽快穿针引线把它缝牢的直接。

结婚三十年来，为自己缩放一下不够合身的衣服是自己能穿得好看一点的美感改善，而帮Eric检查衬衫纽扣够不够牢，裤脚的缝线有没有松脱，则是最让我在家事里意识到安静当个妻子的美好。我好喜欢“缝补”这两个字，在衣服一季季上市，流行拖着思想跑的今天，把松脱的配件缝紧、把拉开的裂隙补好，不只表达了使衣服更完整的力量，更使我相信对待情感也要这样注意着修改缝补，才能感受它的坚实耐用。

每隔两三天，
在工作中安排出时间烫衣物真是一种好大的享受。
我的眼前出现的是一幅生活的杂物田地
被井然收割之后美化的环境，
我充满了勤奋耕者理当拥有的丰实与愉快。

洗衣烫衣乐

我不常能享受逛街买衣的乐趣，但每隔两三天，在工作中安排出时间烫衣物（有时，甚至要用“挤”这个字来形容时间的安排才贴切）真是一种好大的享受。整烫的工作完成后，衣架上的衣服一件件平整如新，折叠好的贴身衣物、袜球，等着分类放入抽屉。我的眼前出现的是一幅生活的杂物田地被井然收割之后美化的环境，我充满了勤奋耕者理当拥有的丰实与愉快。

我不能在同一天既洗衣服又烫衣服，因为衣物一定要干才会香，酥了之后，烫起来才会挺。连着洗衣机的上方，虽然也有烘干机，但除非万不得已，我不爱用烘干机。搬来三峡后，我跟Eric讨论台北湿冷冬天晾衣的遗憾，他很仔细地帮我想了想，在一间更衣室里加了除湿机，这样，我可以把在阳台上晾到看起来已干，但摸起来还带着微微潮气的衣服放进这间更衣室里再除湿，从此之后，我洗衣服就不再看天的脸色了；当然，老天如果给我好脸色看的时候，我就更感激不尽。

尤其在冬天一段低温阴冷过后，一早起床，看到阳光又暖又亮、金光泼洒，让人真想在洗衣阳台上找出一点工作的名堂，好跟这样有形、无形的温暖紧紧相依。洗衣前，我最爱把工作阳台先清理过一次，清理过灰尘的阳台，让洗衣的工作变得更可亲可爱。虽然大楼允许住户以一致的建材与样式围隔工作阳台，也的确有很多邻居因此而庆幸，风强天冷的日子能在玻璃屋里工作，但为了通风，我们的阳台没有加窗，落尘因而随风造访。清洗阳台是经常必要的工作。

我洗衣服的工作程序通常是这样：先把待洗的衣服分好之后，在特别该刷洗的衣领喷上去污剂，等待的几分钟之间，我就引水洗阳台的边墙和进出门的上下通风纱窗。立面的尘埃先下之后再刷地，刷完地再擦拭洗衣机和水槽下的柜门。先洗地、后擦柜是因为刷地时再小心也难免会喷溅水花，如果反过来安排工序，完成后还得再检点一次，浪费本来一次可以完成的时间。

工作环境都清洁过后，我就回头用稍硬的平刷，来回把领口或局部较脏的衣物部位轻轻刷洗搓揉。启动洗衣机后，我这才开始刷水槽，也把清洁用品擦干净放入柜子里。这样，等一个小时过后再回头晾衣物时，洗净刮过的地板已被风或阳光照顾得更干爽了，晾衣服又是另一种安心与愉快的享受；即使不小心掉了衣物，也不用担心要重洗过一次。

除了洗衣服、床单、被套的日子之外，洗浴巾、毛巾、淋浴室脚踏巾的日子，阳台上飘满纯白棉巾的景观，让我特别地开心。那些不同尺寸的毛巾，干酥之后不由我折，因为，我折的没有Eric折得漂亮。他会把它们从大大小小整成一模一样的长宽，然后一整大叠地放在淋浴室里的一只柚木架上。我觉得漂亮极了！

收衣服那天如果有时间烫衣服，那就太完美了。时间宽裕一点的时候，我架好熨衣架，会打开电视，那是从母亲那里学来的时间利用法。烫衣服看一点喜欢的影片是忙碌里休闲，却不会感到不安的好方法。我想不出做其他的家务也能这样利用时间，好像只有站在定点烫衣服，才能做这样的选择。

通常，我总是选在一组大矮柜前架上烫衣板，这组矮柜几乎与熨马齐高。让我能把烫好的衣服全部放在柜子上，就像特意为烫架延展出来的平台那么方便。等到我收起熨衣架之后，才仔细把烫好的衣服分类收回衣柜，一次解决，非常顺手。而顺手，常使我感觉到思考与家务之间，密不可分的效率关系。

收完烫好的衣服，我关掉电视，检视一下矮柜与地上可有烫衣留下的棉屑。把收衣篮放到洗衣间去的路上，我顺手拿起桌上的两个小盆栽，这些小盆栽跟室内的植物轮流去享受外面的空气与光照，也轮流在我洗衣刷地时，与我为伴。

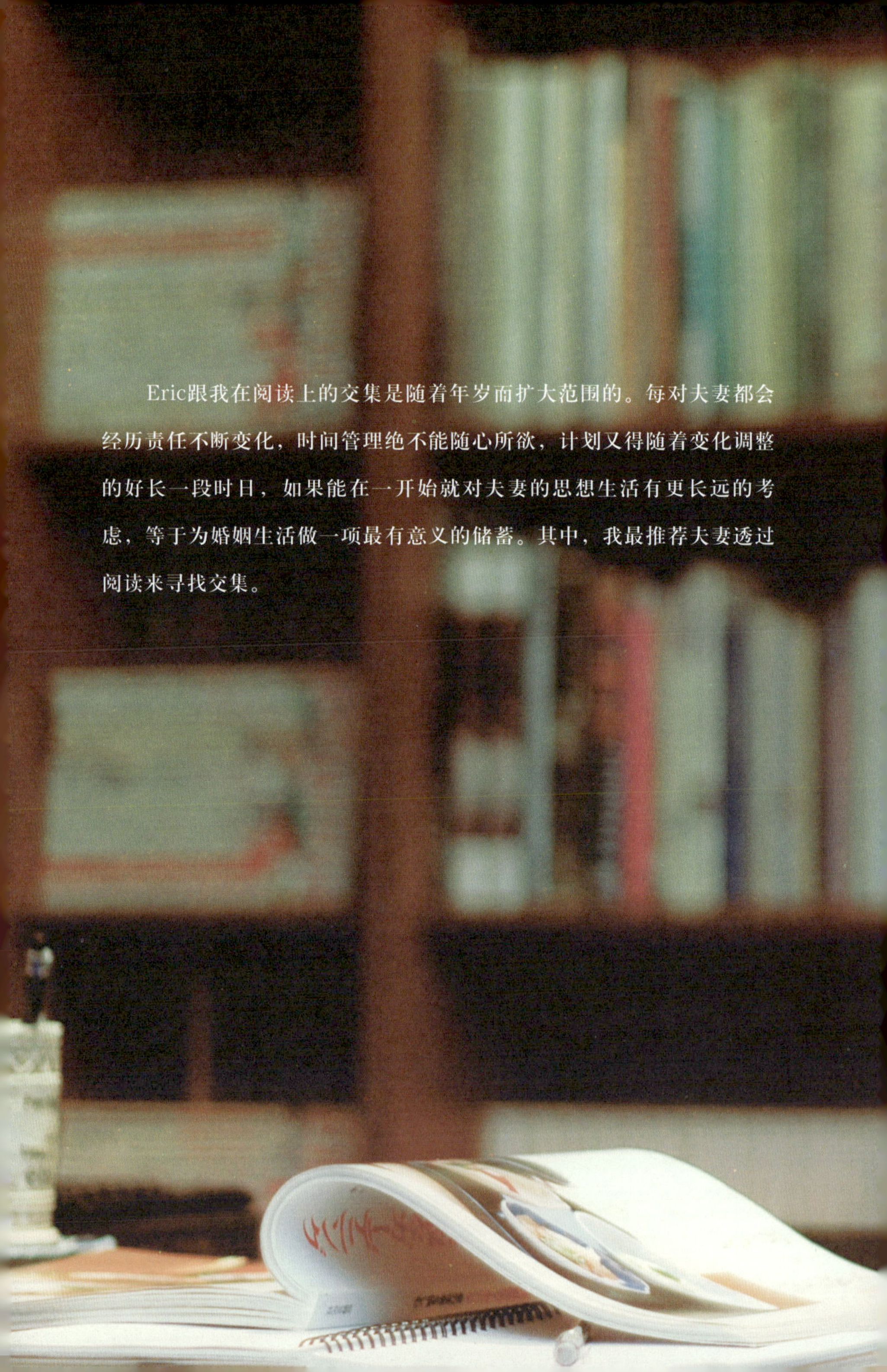

Eric跟我在阅读上的交集是随着年岁而扩大范围的。每对夫妻都会经历责任不断变化，时间管理绝不能随心所欲，计划又得随着变化调整的好长一段时日，如果能在一开始就对夫妻的思想生活有更长远的考虑，等于为婚姻生活做一项最有意义的储蓄。其中，我最推荐夫妻透过阅读来寻找交集。

知

阅读曾经最有效地帮助我确认，
我们夫妻除了手紧握在一起为家庭而同工之外，
心灵里也还有一片天地是留给彼此的，
在那里，我们是一起观照生活、一起成长的。

透过阅读，寻找交集

婚后的三十年，Eric跟我在阅读上的交集是随着年岁而扩大范围的。每对夫妻都会经历责任不断变化，时间管理绝不能随心所欲，否则计划又得随着变化调整好长一段时日。如果能在一开始就对夫妻的思想生活有更长远的考虑，等于为婚姻生活做一项最有意义的储蓄。其中，我最推荐夫妻透过阅读来寻找交集。

初婚时，为了工作而忙碌，我看的书都偏向自己的专业；有了孩子，为他们启蒙那几年，阅读的属性为了孩子略有改变，可以阅读的时间也随之减少。但在这个阶段，我反而对夫妻共读有了另一种需要。“爱孩子”与“全然能满足”于儿童的思想程度是两回事。当生活总与小朋友的成长紧紧挂在一起的那几年，能离开孩子的心智程度，跟Eric偶尔讨论书本、交换一点自己的阅读心得，就像从忙碌生活里挣脱出时间来约会，让柴米油盐酱醋茶、尿片、接送、改功课的生活得到一种净化。阅读曾经最有效地帮助我确认，我们夫妻除了手紧握在一起为家庭而同工之外，心灵里也还有一片天地是留给彼此的，在那里，我们是一起观照生活、一起成长的。

Eric在大学读法学，我读文学。年轻时所看的书就不大相同，婚后我们为了建立更好的关系，彼此都很努力地想了解对方已知的世界和想探求的知识。我们俩都尊重知识，也知道要深刻地了解一个人，光是一起生活、一起工作还不够，只有阅读，能带我们去拜访一个人的思想世界。有句话这样说不是没有道理的："告诉我一个人看什么样的书，我就可以告诉你他的为人；告诉我什么样的书他看过两次，我就可以说得更清楚。"

当我们认真交往了好一段时间之后，我第一次到台北拜访夫家。Eric带我去看一下他的房间。我浏览了一下他房间里的书架，眼光逡巡中，出现了一本让我一看就想笑的书，书背上印着《如何捷进你的中文能力》。当时，我知道有另外一本雷同的书名叫《如何捷进你的英文能力》，却不知道，竟有母语是中文的人会买一本大谈"捷进"中文的书？Eric一定注意到我看书时表情上那抹揶揄笑意里的疑问，他红着脸地向我解释说，因为当时亲戚要介绍我们认识时，听到我读中文系，一时担心自己的中文程度不够好，无法跟我深度沟通。我闷着头，哼哼哼地继续笑，再进一步地取笑他说："那看了这本书之后，你还相信能'捷进'吗？"这把他弄得非常、非常尴尬。但他不计前嫌，在几年后，还是娶我为妻，并且放弃了捷进的想法，慢慢地与我共享中国文学里文字与思想的丰富与美好。我们婚后，因为多了这样的一种阅读，生活的滋味更丰富，相处时，韵味更深长。

以朗读共享心灵世界是需要许多共处来培养的，
我知道随着音韵将会激起思想的涟漪，
涟漪里覆盖的是我们共同生活的喜悦或困扰，
我们将在那些波荡里，
以他人的经验得到一种启发、慰藉或珍惜的讨论。

为你朗读

朗读在我来说有几种功能：为了校稿，为了教导，或为了分享。但在Eric与我的生活里，分享的机会远比校稿的时候多很多，虽然我写过十五本书，也曾写过好几个专栏，但我多数的朗读，起因都只为了要与他分享。

我已经完全忘记自己究竟是从什么时候开始朗读给Eric听的，但我记得邀约通常都是这样开始的："Eric，你有没有一点点时间，我想念个东西给你听！"知道他一时挪不出时间坐下来好好地读一段深得我心的文字，或看一看让我感到新奇有趣的事物时，我深怕他会错过我已经莅临的某一种世界，担心他不能体会到我所体会的快乐，所以，我总是死缠烂打地拉着他说："你看！你听！"他当然是听了，听了之后，如果表情里没

有现出我觉得足够的回馈，我还会一层又一层地问道：“怎么样！你觉得好吗？”日子久了，这种“你看！你听！”竟也反过来成为他呼唤我进入他阅读世界的一种方法。

“呼唤”！对了，分享的急切用这两字来表达最贴切。怕自己从文字里见到的美丽新境界里，生命中最重要的伴侣却不同在；于是，只好殷殷叫唤着，赶快！赶快！这种情感，常见到的，是人们在尝到可口食物时的分享。可是，精神伴侣不一样，精神伴侣的意思是，他们除了那一口可以在嘴里咀嚼的美食之外，还共有一种经验，而阅读经验使他们能一起体会抽象世界的广无边际、丰饶悠远。

朗读有许多好处，但以朗读共享心灵世界是需要许多共处来培养的；而且，一开始就需要有一些文字对等的能力。为孩子朗读虽然也很有趣，但它的有趣是因为朗读没有阅读制式的约束，又可以自由地微调文本，或在心理上转移时空。对于一般都懒于在文字上下功夫的孩子来说，聆听阅

读总是他们所喜欢的事；虽然看似与知识为伍，却不必付出心力。日常，我也喜欢读书给小朋友听，但我的朗读快乐，却永远不像读给Eric那样，可以充满回馈的期待。我知道随着音韵将会激起思想的涟漪，涟漪里覆盖的是我们共同生活的喜悦或困扰，我们将在那些波荡里，以他人的经验得到一种启发、慰藉或珍惜的讨论。

我还记得在一个起床后好忙的早上，我因为睡前重看史铁生的《老屋小记》，当时虽急切地想跟Eric分享感受，但转身关灯时，听着有声书的他似已沉沉睡去，于是一早起来，我就得“把他抓住”念这样一段话给他听：

那时我刚在轮椅上坐了一年多，二十三岁，要是活下去的话，料必还是有很长久的岁月等着我。我说我想去。……父亲不大乐意我去，但闷闷地说不出什么，那意思我懂：他宁可养我一辈子。但是“一辈子”这种东西，是要自己养的，就像一条狗，给别人养就是别人的。

在我读给Eric听时，“但是‘一辈子’这种东西，是要自己养的”已经穿越了自己的成长，更坚定地进入我们为人父母的教养价值里了。

一如过去许许多多的时候，因我们当中一人而起的朗读，与之后交换彼此心得时的对话，使我们看到生活里的各种面向。别人的故事与心情，却对我们发出提醒，促使我们进行讨论。阅读总是这样巧妙并客观地帮助我们，而朗读是我们当中一方，更积极要求分享的发声。

又有一天，我跟Eric谈到有关翻译的事。我觉得日常生活里，我们太忽视文字可以传递的讯息。就比如说，人们把“沙拉油”跟“橄榄油”放在一起相提并论是不对的。因为“橄榄”与“油”合称时，命名时指向榨取的材料，如果要并列讨论“沙拉油”，应该换成以原料指称的“大豆油”。如果谈到用途，或为什么大家习惯以此取名时，再仔细说明它的别称是“沙拉油”。当然，“沙拉”如果以生活中地理的语源简单地介绍一下，那么，凉菜中的用油就是沙拉油。说着、谈着，我忍不住去书架上找一本王安忆的书，因为我记得其中有一篇散文叫“翻译《蛇》”。于是，我又问Eric：“你要听我念这段吗？我觉得这里太棒了！”

我的英文勉强只达初级，词汇极少，……半生不熟的异国语文，使它处于云遮雾罩之中，……自然，我的英语水平远未达到对语言的领悟程度，我只能逐字逐句地搬移。但我自恃是能够领悟小说的，我可以从小说的意图来确定语言的性质。我尽力为菲力普博士寻找客观的词汇。……

记不得有多少时候，我尽兴地跟Eric分享这些平日无论在课堂或生活中都无法跟别人细谈的感受时所感到的快乐。当时间与场合，永远是阅读分享的一种阻碍时，夫妻为伴的共读却永远都不必有这些顾虑与遗憾。

除了Eric之外，现在我也朗读给我们的猫咪听，因为它是一只冥顽不灵，需要多读书的猫。几年前，大女儿把一只从轮下拣回的猫送给了我；猫咪对我沉迷于一本书总是特别感到嫉妒。虽然Cubby不喜欢我只顾读书不顾它，却似乎是喜欢我为它朗读，最好还要温柔地怀抱着它，抛下我所有的工作，只为它朗读。

有一天，它特别地坏，故意把我放在床头的书，咬得书角破烂，纸碎一地。我本想揍它几下屁股，以示警告，但后来想到不该体罚，所以我决定要说说书来感化这只小兽。走到书架前随手抽起一本一位所敬爱的朋友把《心经》翻成外语的精美小书。尽管我对佛经懂得太少，但朗读给Cubby听，总还是足够的。

于是，我就在厨房的岛台上，一字一字慢慢地朗读。猫静静地听，我细细地想，虽然不知道那些从梵音里所转载传播的深思，Cubby跟我谁懂得多，但那一天，猫跟我都觉得好快乐！

每天，我起床后总有一两本摆在床边、还没收上架子的书。有时回家后，还是会看到教养不好的猫咪啃噬的痕迹；还好，对于书，我只挂念自己有没有好好读进心中，并没有执意于一定要保持它完美的外表。

一对夫妻，
如果不能够彼此聆听和聆听彼此，生活就真是太孤独了。
但聆听彼此无须总是聚焦于“情绪或情感”的方向，
设法一起去了解广大的世界，
才可以找到更丰富的彼此。

聆听彼此

从字面上看，朗读与聆听好像是对立的两方，但在真实的情况里，朗读与聆听绝不是如此立场分明的活动。当声音传送的那一刻起，思想就开始产生了不同规模的交流与融合。聆听者虽然看似非常信任地把自己交给朗读者所发出的声音，但这并不代表在安静当中，他没有产生意见。一段朗读之后，通常会激发出想象不到的意见，这种沟通之所以特别丰富，是文本、朗读者与聆听者自然地建构起多方的关系。以声音所表现而出的文本，比一人拿一本书交换意见更有思想的立体感。

对Eric和我来说，我们透过阅读进行沟通因而产生的了解，并不比三十年来透过工作或生活所进行的磨合来得少。生活有一定的框架，不停地反复，内容很难突破太大的范围；而工作上的知识与技术，也很难不被

约束在几个领域之中，再深刻的沟通，都还是受限于“反复”的现实。只有在阅读的世界里，人与人之间才能不断地找到新的沟通题材，发展出更深刻的聆听系统；而一对夫妻，如果不能够彼此聆听和聆听彼此，生活就真是太孤独了。但聆听彼此无须总是聚焦于“情绪或情感”的方向，设法一起去了解广大的世界，才可以找到更丰富的彼此。

学生时期，我已经有很好的阅读朋友。我喜欢朋友围坐在一起，讨论一本书的情景、气氛与思想深处所引发的流动，更喜欢这些流动转化成发言时，重新体会到文与字的美感。但是，我决定要结婚了，我很清楚地想过，一件自己那么喜欢的事，一定要在两个人的生活里开始栽种，一定要在自己的家庭中刻意地培养，那才会是属于我一生的资产。

长时间以来，我们已经建立一种习惯，自己时而是一个朗读者，有权利选择感动或震撼对方；时而是一个聆听者，专注地接受，或关怀对方从各种方式的阅读里所得到的观照与启发、同情或共感。在生活空间里也一样，我们把各自还未读完的书，放在自己方便拿取的地方。虽不常擅自拿起来读，但总期待着对方从忙碌生活的缝隙里发出分享的邀约。

我最喜欢听Eric讲科学或数学的书给我听，我全神贯注，顺着他用语言前导的道路，细想着我往往理解得不够透彻的问题。在聆听他讲解的片刻，我感觉到原本那么不同的两人，竟在共同的生活里变得那么相似。也在这样的感触里，我在他面前变成了一个更好的听众，渴望更了解他的思想世界。

夫妻三十年，
诗是我们之间轻便但细致的沟通方式之一；
就在声与气相通时，
一首两人都会背的诗，
同时抚慰了我们的心。

读诗与背诗

我不大唱歌，但我经常念诗，诗与歌都是人性所需，我舍唱取念的原因是因为我的音量不够，歌喉不好。当我发现念诗能使我得到与唱歌一样的快乐之后，我就更爱念诗了。

刚结婚那些年，我只自己读诗，并没有跟Eric有太多的分享。大女儿六岁那年，我从唐诗里选了几首音韵美妙的短诗开始教她。日积月累，我们在脑中背存的诗有了可观的量。每当一家人在车上，又遇堵车时，孩子就以背诗来打发沉闷无聊的时光。那些我与孩子们轮流朗读的诗歌，有些Eric当然很熟，有些则从未读过。

我教孩子读诗，虽然一定会简单讲解，但通常更刻意地停留在字面直接可取的意思，因为“诗”是创作者对生活的体会，无论其中有多少象

征、隐喻、投射，多数的诗在字表上也都有一层直接可取的意思。同一首诗，对于不同的读者，就是不同值的文本；同一首诗，对于同一位读者，在不同年龄，也会出现不等值的感受。

感受的深浅奠基于现实经验的多寡。孩子年龄不到就无须全盘接受他人所指引出来的思想或情感，但他们可以享受文字，这是我觉得诗完全可以浮在字面也可以深入字底的理由。读诗更无须与人争论，但如果在诗里可以有宽容的分享，那就真是美好的交往。

我以这种期待教会很多孩子，他们背诗并不辛苦。只认识文字与音韵所勾勒出来的直观世界，顶多再加上一点自己有限经验里的想象，就已丰富热闹得不得了。但我确定，那些二十个字、五十六个字或更多、更长的文字所描绘的人情世界，有一天还会因为他们生活经验的改变，而重进他们的心中，那时，这些诗文朋友虽一字未增、一字未改，但先前读它的人却因为自己变了，而更懂得那些字所组成的丰富。

Eric读诗的时间虽然晚了一些，但是，速度惊人。我想是情感已经成熟，人生的经验更有益地推动着他对文字的了解与收整，这和孩子以记忆力背诗的方式虽然有很大的不同，但各有好处。最值得一提的是，当很多成人视“背诗”为学生时期的活动，忘了就忘了，错过了就来不及的心情之外，Eric却只一心一意地收集、积存他心中的诗文。他因此而得的快乐或许也只有我最知道。

这十几年来，Eric跟我一起背过很多古诗文。有时（大多是在车上）我们玩一种背诗的接龙游戏。关掉有声书或音乐，我们以彼此念诗的声音取代沟通，让诗的作者，以完熟的音韵和他们对人情世界的了解带领我们经历精神上的大小旅行，也分享彼此曾记存的知识。

最记得有一次，我们一起开车经过台北的一个老区，其中有几幢日式房子攀爬了植物，纤细的石榴高出墙头一些些，迎风轻摆着枝叶，含苞的花蕾下，有一天会长大的果实隐约可见，我高兴地问Eric，记不记得“红桃绿柳垂檐向”？

他稳稳重重地细说从头，开声念道：

洛阳女儿对门居，才可容颜十五余。
良人玉勒乘骢马，侍女金盘脍鲤鱼。
画阁朱楼尽相望，红桃绿柳垂檐向。
罗帷送上七香车，宝扇迎归九华帐。
狂夫富贵在青春，意气骄奢剧季伦。
自怜碧玉亲教舞，不惜珊瑚持与人。
春窗曙灭九微火，九微片片飞花琐。
戏罢曾无理曲时，妆成只是熏香坐。
城中相识尽繁华，日夜经过赵李家。
谁怜越女颜如玉，贫贱江头自浣纱。

在许多像这样触景生情的时候，自己的语言总没有想起诗、背诗来得深入精美。夫妻三十年，诗是我们之间轻便但细致的沟通方式之一；就在声与气相通时，一首两人都会背的诗，同时抚慰了我们的心。

在书里加线，
可以说是Eric跟我的一种“约会方式”。
一本书里，线条所经之处，
让我们知道了在某一年的某一个时间里，
对方的心思曾激动地停留，或回味再三。

书里的线

有一对年轻的夫妻问过我一个问题，他们想知道，我觉得家里的书“能不能画下自己阅读时的重点，或可不可以在边上写下一点当时的感受”。我没有细想就回答说“能不能”应该是他们彼此讨论，而不是问我，当然，如果以第三者的角度来说说我们的习惯是无妨的。

在书里加线，可以说是Eric跟我的一种“约会方式”。生活那么忙，各自能阅读的时间不一样，手上拿的书也不一样，但一本书里，线条所经之处，让我们知道了在某一年的某一个时间里，对方的心思曾激动地停留，或回味再三。线条或留字，也可以看到对方想征询讨论，但刚好不便，于是留了一点讯息。当然，那些讯息，有时候并不一定是留给对方，也很可能只是留给自己。我认为了解伴侣不想遗忘的片刻是带点神秘的激

情。不过，那只能是我们两个人的书，那种方式，也只能是彼此完全同意的做法。

就好像，如果翻开我们家一本费曼的书，会看到这些字被画了起来：

此举的目的，无非是想看出整个自然只是一组现象的种种面向罢了。基本理论物理学所面对的问题，是去分头发现实验背后隐藏的定律，以便把这些分开了的科目再度统合起来。

那是阅读时，Eric不在，但我有一串想法被引发出来，想要跟他讨论所留的。

再翻开一本《中国教育史》中的一页，也可以看到铅笔在某些行句下画了线，那是因为我知道，Eric眼前不会有空看这些书，但我希望更老的时候，他也看时，能在这些字句里想起我对“学分制”的质量保证与严格把关有过多深的思考与共鸣。为了怕有朝一日重看这本书时，我想不起在另一篇文章中看到费孝通先生曾写的一篇关于学习的分析，所以我夹了一个手抄页：

所谓学术，就是人对宇宙实体的认识反映，物质和精神世界本身浑然一体，并没有分门别类。当然人在认识它的时候，要有先后次序；人们之间还要有分工，各有偏重，但人为分割的各部分之间是互相联系着……

除了画线之外，我的书也经常有贴纸，那些贴纸的意义，外人通常无法完全懂得，但我们却能彼此了解。有时手边没有贴纸或纸，我就撕下面纸的一角权充书签，那种粗糙，也只有夫妻两人才能包容。

婚姻生活是分工，也是合作，夫妻即使有长久共同阅读的习惯，也无法完全重叠在每一本书的内容当中，对我们来说，在书里留下一点阅读轨迹，并不等于不爱护书，因为，我觉得最不爱护书的举动，莫过于买了书而不看，把带回家的朋友当陌生人相待。

我把字都“煮”了，让这些字随着他的镜头，
从遥远的年代再走回眼见为凭的现在。
让文字的作者、生活的食物创作者，
他的镜头跟我的下厨，
有了跨越时空的美妙读书会。

书里的梦——我的“煮字疗饥”

这些年来，我把阅读各种有关古食谱或近代文字食谱的怀疑、信任和惊喜以行动做成笔记。它们从我的阅读厨房、脑中厨房里具体变成了一道道菜，有形体，有香味，有更多核实和讨论的空间。那些激动的情绪，Eric了解得最深，分享得最多；能有这些了解与分享是因为他竭尽全力给我行动上的支持，当然包括帮我把我的落实一一留下对我来说珍贵的存影。

我从来没有拿过Eric所拍的照片去领取过任何稿费。因为摄影不是他的工作，他镜头下那双眼睛从心里望向人与物，事与情，望向我兴高采烈或多情善感时，对他所指出的世界。他能这样，总是基于对我的同情更多，所以，我也总是乐于分享他那份洁净的感受。他照片里的一切代表的只是一种单纯的意义：一个丈夫对于作者妻子的全然支持。

虽然，我了解摄影是Eric的一大兴趣，但有时候却不愿意他多花时间拿起照相机，或在计算机前选取照片，因为那花费了他并不是太健壮的眼力。

这些照片，是我们的另一种阅读，也可以说是阅读之后经过判断思考和精细实验完成的一个梦。

Eric曾说，梦是晚上才做的，在白天里，它就叫行动；所以，我把字都“煮”了，让这些字随着他的镜头，从遥远的年代再走回眼见为凭的现在。让文字的作者、生活的食物创作者，他的镜头跟我的下厨，有了跨越时空的美妙读书会。

我从累积的笔记里选出两则Eric喜欢的菜色——“核桃腰”和“鸭糊涂”（请见下一页），希望能算作对他的小小感谢。

核桃腰——《雅舍谈吃》·梁实秋

面对再好的食物，心中一“生疑”，就好吃不到哪里去了。现代人吃腰花，很少心里不七上八下的，没想到读了这段书之后，做了核桃腰，过去一直掌握不到的又嫩又熟，竟然一次达成了。心中的快乐无法道尽。

记得住台南时，有过好几次在外吃腰子面线，看起来很嫩的腰花，一口咬出血水时心里的惊怕。我请老板再加热，不只被摆脸色还被视为外行，再端回时，就像得到处罚一样，变成了一碗有肉味的豆腐干。我一直想着要怎么准确地掌握腰花的熟度，好早日做出Eric描述他小时候在福州菜馆里吃到的双脆。

我试做了梁实秋先生在《雅舍谈吃》里的核桃腰：

厚德福的核桃腰，不是核桃与腰合一炉而冶之；这个名称只是说明这个腰子的做法与众不同，吃起来有核桃滋味或有吃核桃的感觉。腰子切成长方形的小块，要相当厚，表面上纵横划纹，下油锅炸，火候必须适当，油要热而不沸，炸到变黄，取出蘸花椒盐吃，不软不硬，咀嚼中有异感，此之谓核桃腰。

阅读笔记

· 不是核桃与腰合一炉而冶之

不该在一起的食材而勉强在一起，真是浪费又扫兴。就像《红楼梦》

里的“茄鲞”，那么多不需要的材料放在一起，从来没有人试过之后，跟刘姥姥有同样的感叹。

美食的文学化虽然经过了审美形式的上升，但少人实做的验证，无边的想象或道听途说，让美食广了传播，少了真意。

食物被命名的过程一定很有趣，它反映的是生活在一地的人共有的了解与默契；很多菜名也在这种共同生活的条件里慢慢被修改，最后才定位。一个没有当地生活背景的人，即使可以跨越文字沟通的障碍，也未必能懂得菜名中正确的讯息。“锅贴”是什么贴在锅子上？“春卷”卷的是什么？“烧马蛋”烧的是马的什么或马的哪个部位？不过，我认为这种菜名虽然不一定让异地人能一目了然，但它的好处就在于“一看就不懂”，所以非得请教当地人，或亲身体验。最引疑窦，以致讹传的，反而是像“核桃腰”这种菜名——也许有人因此把腰子跟核桃一起爆炒。

腰子的烹调并不容易。煮腰花一定要在肉摊上买到完整未剖开的一对，是当天所取得的猪肾。如果一眼就看到斑驳，宁可放弃。以前煮腰子，母亲教的方法是水煮开，放入，捞起泡冷水，一次又一次，直到血水“漂”净，才下锅热炒或煮麻油酒。但因为无论漂过几次水，心中总对熟度有怯意，真是符合了袁枚在《随园食单》中所言：“腰片炒枯则木，炒嫩则令人生疑。”

袁枚的主张是：

不如煨烂，蘸椒盐食之为佳。或加作料亦可。只宜手摘，不宜刀切。

但须一日工夫，才得如泥耳。此物只宜独用，断不可掺入别菜中，最能夺味而惹腥。煨三刻则老，煨一日则嫩。

试做过后，我并不完全同意他的看法。取得很干净的腰片煨一日之后，虽然可以说是烂，但是腺体的味道比半生不熟更重。臭味难除，质地便没有上风可占，又不如豆腐干了。

鸭糊涂

晚餐时，我们餐桌上摆着这锅颜色平凡，但香与味都让人无法停箸的浓汤稠肉。Eric问我袁枚为什么不把这道菜叫“糊涂鸭”，而是“鸭糊涂”？我说：“鸭一点都不糊涂，是那些芋头把汤弄得稀里糊涂的。”他边吃边笑，不无怀疑地看着我，又说：“很好吃，但你确定这只鸭被你抓来煮成这样，还不算糊涂？”

用肥鸭，白煮八分熟，冷定去骨，拆成天然不方不圆之块，下原汤内煨，加盐三钱、酒半斤，捶碎山药，同下锅作芡，临煨烂时，再加姜末、香蕈、葱花。如要浓汤，加放粉芡。以芋代山药亦妙。

阅读笔记

· 冷定去骨

动物的脂肪冷比热时凝固，这才容易处理。如果趁热拆骨，不只烫手，肉也会支离破碎。

· 拆成天然不方不圆之块

这句话很有意思，虽是理想，但很难达成。我可以了解不用刀切的原因是避呆板而求自然，但是鸭肉的肌肉组织有些很长，“不方不圆”美则美矣，恐怕只是一种说辞，做的时候只求不过长与不过大，就可以了。

· 下原汤内煨

此则开头就说是“用肥鸭”，所以可以想见在煮成八分熟的鸭汤中，已经有一层油脂。在等鸭冷定去骨的同时，这锅鸭汤也要想办法吹凉，并更进一步地冷却（如：进冰箱），然后才能揭去浮在汤面那层脂肪。这才是好的原汤。

· 加放粉芡

菜名已说是“糊涂”，它的浓度当然比羹的芡更稠些，否则食材在锅中就太明白了。因此，准备山药或芋头时量可多备，到时才好增减。食谱中并没有说山药可以生磨成泥再下（熟了之后当然也可以），但芋头一定

要蒸或煮熟之后再入汤勾匀。尽可能以这两种材料烩浓原汤，加粉勾芡，香味就会淡。

· 以芋代山药亦妙

山药与芋头的差别在于：一，汤的最后颜色山药白，芋头紫灰。另一差别则在质地，以山药为芡的汤柔滑但味道平淡，加芋头的汤即使研细为芡，入喉仍有沙砾之感，但香味更胜山药。

我们总是珍惜着吃；

珍惜食物，珍惜感受，

珍惜所有投入食物里他人与自己的劳动。

食

每一次都在指手画脚的兴奋里，
或平心静气的远思中，
深深地体会到，
有人知心陪伴着喝茶，
平凡但令人满意的幸福。

永远的伯爵茶

我从小不曾有过家人一起喝茶的记忆，我想是父母亲都太忙了。母亲如果得空，她会把时间用来帮我们做点心、缝衣服，而不会坐下来喝茶，自己休息一会儿。我一直都只把“茶”与“待客”联结在一起，而没有过把“茶”跟家人围坐的“休闲”等同看待。除了因为爸妈这种永远忙碌的生活习惯之外，也因为家里来客，或工人来领工资时，母亲要求我们一定要很快地奉上茶水。

“奉”这个字实在是好，端上茶的人要举止端正，速度正确。所以，非拿着托盘不可，妈妈是绝不准我们徒手送茶的。我长大之后，觉得自己从小受到这样严格的要求，好处太多了。无意中，我对于人际情意的了解，与行动安置的判断，和生活摆设的美感，似乎都因此而有更深刻的了解。

登门做客，如果主人几次呼叫家人送茶而未到，无论厨房里有什么困难，总是让客人坐立难安的。所以母亲从我们送茶的急切教起，她以客人的感受教我们，那种人同此心、心同此理的了解，真好！所以，我学会了打过招呼之后，如果怕自己手脚慢而让客人不安，就要在转身离开前加一句：“我去泡茶了！”明明确确地让客人了解，他绝对是受欢迎的，万一茶来慢了，也不要见怪。

在我生活简单的童年，家里的茶也没有讲究的泡法，但因为母亲的要求，我们端送的方法，却使得那杯茶有了待客的隆重。妈妈要我们在客

人不远处，先把托盘放稳，好好地拿起茶杯才敬出杯子。托盘不能随便放，以免现出无礼之状，或显得慌张毛躁，失了对客人的敬意。“礼”与“敬”虽然很抽象，但在一次次地谨慎实行之后，连孩子也能行得自然，因此铭记在心。

认识Eric之后，才知道他们家从小喝茶。公公每天一定要喝几次工夫茶，家里也有专为泡茶而设的一个小厅和茶桌。婚后，每天饭后一家人移到茶桌上，喝公公亲手泡的小小杯工夫茶，是公婆非常重视、一家和乐的表征。我因为没有这种喝茶的底子，刚开始喝到“如醉如痴”——不只想吐，还心口狂跳；原来，所有的事都需要训练，喝茶也不例外。几年之后，我的心虽然已经可以与茶共舞而不乱，但始终没有品茶的感性，仅仅跟着凑热闹而已。

这几十年，除了喝咖啡、品中国茶之外，西洋茶也很流行。女性们特别喜欢花茶或水果茶，生活悠闲的女伴，或偶尔想体会这种闲情逸致的人们，相约去喝下午茶。在高架的层盘取用点心，在圆壶花杯里交换生活的心得。

我也不喝这么隆重的下午茶，因为下午总是忙，晚餐又没有西方人吃得那么晚，不需要利用喝茶时吃点心补一点体力。但工作间歇中，能偷闲喝点东西、休息一下，总是很好的一件事。这种时候，如果想喝茶，我的选择总是伯爵茶。

我爱伯爵茶的理由很简单，只因为Eric跟我求婚之后，我们曾一起在一家小咖啡厅里，喝过一壶伯爵茶。那时的咖啡厅跟现在很不一样，它们并不普遍，却比较讲究，讲究的方法也比较自然。一壶茶在烛火上温着，茶滤与底盘、杯子与柠檬片，都陈列得很雅致。我自此就只爱伯爵茶了，但想到Eric是在喜欢喝茶的家庭长大的，所以，我也陆续添购了一些他可以品茗的器具。每当我们有时间可以烧热一壶水，冲出一杯茶时，那都是在一段认真工作之后的相约。这样的热汤水，对我来说，其实是什么都好喝的，但如果有选择的情况，我还是会毫不考虑地说："伯爵茶。"

我从轻烟袅袅、壶口倾出的茶水里，看到Eric的脸，现在，我比过去更需要跟他坐得近一些，看着他的眼睛，才不会使他听我说话太吃力。我们有时在便餐台上简单相会就分手，时间允许我们悠闲一点的时候，我们会坐到泰式椅，用椅子旁边那条长凳做茶桌，望着远方谈天。

这几年来，我们总是兴致勃勃地计划着"老之将至"的生活，每一个细节，都融合了我们从年轻到此时的愿望，每一份计划，也都深藏着我们对前路的珍惜，以及不想让体力必然衰退之后改变生活兴致的决心。茶在烛心微弱的热力里，维持着它柔和的温度，我每一次都在指手画脚的兴奋里，或平心静气的远思中，深深地体会到，有人知心陪伴着喝茶，平凡但令人满意的幸福。

一个对的人，
一只对的杯子，
热热的、甜甜的，
这就是我们理想一天的开始。

我们的咖啡

咖啡就是咖啡，为什么我用“我们的”来说那每天一杯或几杯的咖啡？简单的理由是，这不是咖啡豆的问题，也不是杯子的问题，而是我们在婚后生活里养成的习惯。

我很佩服对咖啡豆的选配与咖啡煮法坚持着某一种质量的人。我听说，有人非某种咖啡馆不去、非某种咖啡豆不喝、非某种煮法不快。我当然也不是只要咖啡都来者不拒，我对咖啡的想法是：

一、人不对，咖啡就不好喝。

二、地方不对，咖啡就不好喝。

三、纸杯或保温杯装的咖啡，对我来说都不好喝。

四、应该趁热把咖啡喝完，再聊是非；如果能不聊，咖啡就会更好喝。

我很少造访咖啡厅，虽然，我也在书里读过咖啡的文化，了解那段有名的“如果我不在家，就是在咖啡厅”的人所体会的沙龙文化或文化沙龙。但海明威流连在巴黎的人生飨宴与生活美学，对我来说，完全无法有同感。我们远远身处在那个时代之后几十年，如今，在同一些地方，体会到的，只是旅人、报道者与看热闹者所构起的氛围，早已不是书中的故事。

我喜欢喝咖啡的原因有三个：

一、我从八岁开始（也就是四十八年前），为妈妈布置早餐桌时，看到、也闻到她开始喝“雀巢速溶咖啡”的味道。食物是记忆里的情感，到现在，妈妈还是最爱速溶咖啡；如果有人因此而觉得她喝咖啡的品位不够，我母亲只会觉得，那些人体会人生的年资不够。

二、世界上有许多因为咖啡而做出来的漂亮杯子，我喜欢杯子与咖啡相得益彰的生活工艺。

三、咖啡使我对“拥有”有更全面、更完整的了解。因为，即使我可能在金钱的预算上，还付得起一天两或三杯的咖啡钱，但我的身体却无法承受得起它们所为我带来的结果。我在咖啡面前，不得不乖乖地实践“节制”这两个字。我的血压很低，喝咖啡确实在短时间里给了我一种舒服的感觉，但这也在我多喝的时候，为自己惹上不少麻烦。

睡不着，只是许多人提到咖啡要你付出的代价之一，我的惨痛经验是，第二杯咖啡常使我随口答应不该答应的事，比如说：写一本书或做某一件事，那些承诺都让我需要更晚睡、更早起。

Eric跟我从年轻时就习惯喝浓缩咖啡，虽然，有一阵子，我会在浓缩咖啡里加牛奶，但并没维持太久，我就回到小小一杯，加一颗糖，在糖还没完全融化前仰首喝完的阵营里，维持我们共同的习惯。

有一天，我们吃早餐与该出门的时间安排得太紧了，来不及收洗咖啡杯。回家后，发现那个应该还有糖渣残存的咖啡杯，简直洗过一般的干净剔透。原来，我们的猫咪跟我们一样，爱糖也爱咖啡。奇怪的是，它并没有因为咖啡而精神抖擞，还是一整天昏沉沉地睡，在家里找得到的任何一个温暖、舒适的角落里，把自己布置得漂漂亮亮、妥妥帖帖。

家里的咖啡豆与糖块，我都把它们装在深深的玻璃罐里，玻璃罐要是满满的，我就觉得很开心。一天一杯咖啡，是我们早餐的身体与精神食粮，却不是我们非如何不可的执着。一个对的人，一只对的杯子，热热的、甜甜的，这就是我们理想一天的开始。

就以洗碗来说，Eric看在眼里，知道我喜欢洗却不爱收，
在不能立刻“我来！我来！”英雄救美时，
也会说：“放着，放着，我有空再收。”
我们的洗与收，虽然从来没有过明确的分工，
却在默默地体贴里有了很好的合作。

洗碗的乐与不乐

十年前，我曾写过一篇听说还颇为流传的短文叫《洗碗乐》。这篇文章先是刊登在曼谷的《世界日报》，而后收在我的第二本书《厨房之歌》（简体版为《唯爱与美食不可辜负》）里。书里有一张照片，当时还留着长发的我，在台南家的水槽前愉快地工作。从画面上看起来，洗碗绝对是一件颇为愉快的事。

十年过后，从我手中流过的水，因着我的工作，而不只是我的基本生活家务，而累积出难以计数的量；我所洗过的碗盘、刷过的锅盆，也堆栈出他人难以想象的数目；洗碗的乐与不乐，对我来说，已经不是一个单纯的问题。它有时，是我带领工作室年轻人的身教，我得示范工作效率与耐力；它有时，是我带领小朋友，与他们并肩收拾残局的革命情感；但更多

的时候，洗碗的量虽然不那么大，但它却是我工作之余，能不能维持家庭生活质量的坚持。

我在工作室洗碗，也在家洗碗，写这本书这一年，更洗碗洗到别人家里去了。（先把这长话短说一下，以免读者觉得困惑。到别人家去洗碗，是因为我实验性地当了一年的保姆，前半年在我家带，后半年出差到孩子家去当保姆，这样可以教他们生活自理。）

工作室与家里，虽然都有洗碗机，但并非因此，洗碗就不用细腻地思考或付出劳力。该刷、该泡，该如何排列才有效益，用洗碗机的人比不用的人，更需要逻辑地思考，因为机器的容量就是它的限制。有趣的是，当我在总有洗碗机的环境里养成了固定的工作习惯之后，第一次出差当保姆，去别人家做好晚餐之后，把用过洗好的餐具放上顶柜的烘碗机时，我的感觉竟然是“非常新奇、非常好玩”。那一天，我对自己的感受觉得不可思议，为什么比起我惯有的工作环境来说设备与器具都相对不足的地方，却不让我感到麻烦？是不是环境条件相对的不足，反而让我重新体会到家务所隐藏的创造力。当我不能过度依赖工具时，我反而重新体会了双手劳动的原始力量。

我的母亲曾有一次跟我在聊天的时候，谈起人与劳动的关系。她说：“每一个人的一生，如果都有过十五年到二十年很劳动，是应该的、也很好的；但Bubu你呢，你是太过度劳动了。”我把母亲后半段的话浅释了她对我的忧虑，因为我自己最清楚，我所想要表达的许多生活观念，不靠我双手的劳动，是无法阐释得够清楚的。但母亲那前句话，却引我深思了。

齐心深入家务，也可以建立伴侣之间自然的互助关系。就以洗碗来说，我喜欢“洗”远胜过为餐具归位。在工作室里，助理们都知道我比较喜欢“蹚浑水”，总是抢着站在水槽前做刷洗碗碟、进洗碗机的工作，要他们支持我后续的收碗归柜。可是我这个习惯回到家里，就不好意思像在工作室里那样理直气壮，毕竟工作室里都是后生晚辈，我以自己的喜好选工作项目的不客气，还不算太过分。对于家事，我是从不曾开口跟Eric抱怨过的。但他不粗心，看在眼里，知道我喜欢洗却不爱收，在不能立刻“我来！我来！”英雄救美时，也会说：“放着，放着，我有空再收。”我们的洗与收，虽然从来没有过明确的分工，却在默默地体贴里有了很好的合作。

十年里，不断有读过我的书的读者，在第一次来上课时踟蹰再三，终究还是忍不住开口问道：“Bubu老师，您真的觉得洗碗很快乐吗？您真的会烫抹布吗？”我笑了，希望笑里诚实的回答，能让她们感到满意并受到鼓舞。

我真的烫抹布，也的确觉得，洗碗有洗碗的快乐！

居家的日子中，偶尔也会有乘兴而起，想要出门隆重吃一餐的时候。
那种外食，是婚后持续的一种约会方式。
刻意的打扮，精选的空间，
好好享受着我们从日常生活里，
特意找出时间外出的一餐饭。

外食

我在乡下长大，因此外食不是原生家庭经常有的生活饮食方式。在成功镇成长那十二年，在外用餐的记忆，只有在过年前，全家彻底大扫除之后，母亲因为无法拨空带我们做饭而带我们在外吃饭。另一方面，也算犒赏我们齐心协力扫除的辛苦。十二岁之后，因为父亲调职，我们的住家迁回台东市。虽然台东市比成功镇大很多、热闹很多，外食的花样也多很多，但因为那时家中手足都外出就学，难得回家的日子，更成为母亲唯一可以用她的食物抚慰我们的机会，外食的机会还是少。

总是“在家吃饭”的我，却嫁给从小“经常上餐厅”的Eric。我们婚后小家庭的生活，之所以磨合成如今的模式，应该跟习惯“在家吃饭”的是我，而不是他有很大的关系。传统上，女性因为是主中馈的角色，无论

在意愿与实践上都更容易影响新生家庭的生活模式。

在家吃饭的常态，使我的“外食”有了比别人更复杂的心情。我有时雀跃，有时厌腻，有时为了非外食不可而感到失落。

概括说来，人会外食的原因不外乎两种：一是远庖厨，另一是打牙祭。随着时代与社会结构而改变的生活方式，不下厨的原因，又变得更加复杂。

有可能是设备的问题，是时间的问题，或是经济精算过后的选择。外食既可以是一种代劳，也可以是饮食经验的探索，而我的复杂心情也就起因于此。

当外食是一种经验探索时，我的心情当然是兴奋的。饮食研究，是我的工作范围之一，美好的外食经验，是能力与眼界增长的方式。但如果是因为工作忙到时间完全周转不灵，或身心疲倦得无法再理一餐时，外食的代劳对我来说，在情感上并没有轻松的解放。我难免以妻子的身份检视自己的责任感，因而产生微微的愧疚之意。每当我跟Eric提起这种心情时，他会拍拍我，用一句很俏皮的话来使我宽心："非常时期，有非常的做法；不要想这么多。"

非常时期的另一种状况，是旅行在外的时候。我很害怕出门的日子太长，餐餐得在外解决的生活。再新奇、再美味，久了也感到腻味。我不是对食物感到腻，而是心里不踏实，所以只要是超过一个星期的行程，我总会非常想家，也非常想念自己简单下厨，饭后洗碗的日子。

居家的日子中，偶尔也会有乘兴而起，想要出门隆重吃一餐的时候。那种外食，是婚后持续的一种约会方式。刻意的打扮，精选的空间；点什么菜呢？根据三十年来的经验是，看完菜单后的Eric一定是说："你全权处理。"接着，他会先点两杯酒，假装我们是共饮，但他通常只浅尝第一口，关注着我的杯子空了之后，再巧妙地对调过杯子；这时，我们会相顾一笑，心知肚明地再次举杯。在举杯里，好好享受着我们从日常生活里，特意找出时间外出的一餐饭。

偶尔从工作的段落里挪出时间来吃一顿电视餐，
是我年轻时没有想过的生活，
准备起来，竟有着孩子时的雀跃……
这就是享受与稀有之间，永远不变的距离美感。

电视餐

这个住了刚好满十年的家里有两台电视。一台嵌在岛台前的高柜里，看起来就像是一个厨房设备。因为它的左边是微波炉，下左方是烤箱，正下方是蒸炉，四个设备以不锈钢协调了尺长寸短，有了整齐的外形，不说，就很少人会发现那是一台电视，我们自己也几乎已经忘了那里有一台电视，因为，家里一向是很少开电视的。

这一两年，我们的生活习惯有了一点小改变，其中一样是，现在Eric跟我会为了看一些喜欢的影片或怀旧的老片而吃电视餐。我说“电视餐”的意思，跟二十世纪五十年代市售的铝箔装冷冻餐的意思是不一样的；我所说的电视餐，是让享受影片跟享受食物能相得益彰的安排。

我很重视“享受”；或说，如果要享受，我就一定要尽情。看电视对我来说，并不是一种打发时间的娱乐形式，因此，如果想在用餐时看一部

我认为可能会好看的影片，准备食物的心情，总是高昂欢欣的。电视餐的食物要简单，也要美味；用餐的形式不能汤汤水水、夹锅带盆；可是，也不能零乱随便，要不然，就扫了乘兴而起想要找的享受。

Eric跟我也常在飞机上享受电视餐。以前有不少电影，都是在飞机上才有时间看。在我们不得不接力出门的好几年里，我们会转告彼此，机上有哪一部电影值得看。等到我们可以不用顾虑孩子，顾虑其他的家庭责任时，我才了解到“双宿双飞”对现代夫妻来说，是多么值得珍惜与难得。

在影片前享受美食，除了准备餐点的思考之外，选片更要仔细。暴力与情色是一定会影响到我用餐的情绪；太高昂激动的片子，我也无法下饭。我一向很佩服在新闻报道前吃饭的人。不只跌宕起伏的音调让我肠胃翻搅，现在新闻分割混乱，字幕与影像各说各话的画面，更让我弄不清楚所言何事。我通常也不看介绍美食的影片，因为日常要进修的专业饮食书已经花了不少时间，再多视觉上的吸收，心灵都要消化不良了，反而得不到沉淀的机会。不过，动画《料理鼠王》，倒是曾经出现在我的电视餐里的片子之一，因为好可爱！

吃电视餐，要有一定的理路，不能笑到喷饭，因为喷了饭也是自己得收拾，年纪大了，也怕呛到。所以，内容沉稳，幽静可爱的片子，是我最心仪的选择。《秋天里的春光》《艾尔莎与弗雷德》《姐妹》……都曾经是我们电视餐里的名单。

偶尔从工作的段落里挪出时间来吃一顿电视餐，是我年轻时没有想过的生活，准备起来，竟有着孩子时的雀跃；我想，这就是享受与稀有之间，永远不变的距离美感。

我的家宴不一定都是大餐的盛宴，
有时候，时间紧迫，不能好好准备时，
也只好以诚意权充佳肴。
所幸，来的都是知交或家人，
他们总不以我的简为慢，总说好好吃、丰盛。

家宴

外出宴客在酒足饭饱之后不用再花心思跟力气整理，但是，在家宴客虽然麻烦一点，却可以同时拥有表达心意和空间与时间上的完整。

今年初，大学挚友的小女儿从美国回来。自从她们的母亲过世，每一年，我跟孩子们都会在年末时相聚。聚会也总由我们共同的年轻好友千黛夫妻负责邀集。一年年，孩子们成熟长大了，我们在饭桌前聚会，不只是关心，更是对好友的怀念。

今年，千黛跟我讨论日期时说，她已经去订了一家中国餐厅，我很讶异，问为什么我们这样一行人，要特地到外面用餐。她很可爱地答说："我们知道Bubu你很忙，而且，仪仪再过几天又要回美国了，她说想吃中国菜。"我很了解他们其实是怕麻烦我，这下，换我不无得意地让他们毫无退路地问：“难道孩子们以为，Bubu阿姨不会做一整桌的中国菜吗？”在我的坚持下，一桌酒菜尽空，宾主尽欢的家宴，替代了原本的订席，我们在安静的空间里，好好地聆听孩子别后一年的生活与心中的计划。送客走出门外，才从用餐时的身心温暖里，感觉到年末天气的寒意。

除非万不得已，我真不喜欢在外请客，虽然外出用餐，作为女主人的我可以穿得比在家宴客时美丽，也可以更周到地照顾客人；但心里总觉得，少了什么？！记得有一年，夫家四代人在年夜饭散去之后，Eric跟我忙到凌晨才收拾好，但我们带着微醺的醉意，同时感叹地说：“就是要这样，才像一个家的年夜饭。”那种感触，是我们最深刻的同心。一九八五年的年夜饭，我以一个新婚媳妇的身份，第一次打点夫家的年夜饭。我还清楚地记得，Eric兴奋得想帮忙的身影与热切，我们之间所联系的，不只是作为夫妻之间的同心，更是我们愿意当一个好的成年孩子的共同价值。但我也是传统的，当时，真是怕新婚夫婿过度体贴，引发了不该有的话语。我不断暗示他离厨房、离我远一点，不要那样团团绕着我转，问东问西，让我显显自己的身手。

我的家宴不一定都是大餐的盛宴，有时候，时间紧迫，不能好好准备时，也只好以诚意权充佳肴。所幸，来的都是知交或家人，他们都不以我的简为慢，总说好好吃、丰盛。

记得有个晚上，临时有小学同学三人结伴来访，我虽然没能多做些菜，但五个人在烛光下真是过了美好的一晚。主菜，应该算是大家话里的家乡回忆，因为，我的菜简单到只有一道熏鲑鱼青酱饭卷、一盆蔬菜水果沙拉和一锅白酒蒜头贻贝配香酥面包薄片。从两大盘面包吃个大半看来，菜量应该是不够的，但，因为在家里吃饭的心意与宁静，老朋友大约是不怪我的。

我所知道最感人的家宴，是杜甫的《赠卫八处士》，那是一首我百读不厌的诗，诗中的字字句句，一年年读来，只因年龄与体会而感动更深。“问答乃未已，驱儿罗酒浆”，惊喜故友到来的迎客之欣，与“十觞亦不醉，感子故意长”的离别依依，让年纪越来越大的我，更体会到请客“在家”吃喝之外的情意与必要。

食 谱

甘贝薄切轻油渍

我很爱生吃甘贝，它常常让我想起李渔的遗憾，想起他在《闲情偶记》里那样恨恨地写道：“海错之至美，人所艳羡而不得食者，为闽之‘西施舌’‘江瑶柱’二种。‘西施舌’予既食之，独‘江瑶柱’未获一尝，为入闽恨事。”年轻时读这段文字，我也没有想过，在物流的畅通与保鲜的科技下，有一天，我们可以这么方便地取得这甜美的食材。

甘贝也常常帮我一个大忙，让我能在时间很短，又想跟家人或朋友小聚时立刻变出一道菜，连人间烟火都不需要。

△

材料

生食甘贝

非常新鲜、皮薄的西红柿

切得很细的洋葱碎

切得很细的春葱或青紫苏

※香料：切碎的西红柿、洋葱和香料碎，请先腌泡在橄榄油里，加上一点盐和黑胡椒，也可以加上浓厚的红酒醋。

△

做法

1. 要处理这些生鲜材料的砧板，要确定是非常洁净与干燥的。
2. 把每个甘贝横向、一切为3薄片。
3. 切好的甘贝用先前腌泡的香料轻轻拌匀，随时可上盘。

※生甘贝的质地非常细嫩，做这道菜，不要为了取味道而用干燥的香料粉，否则粉碎的口感，会影响这道料理的口感。

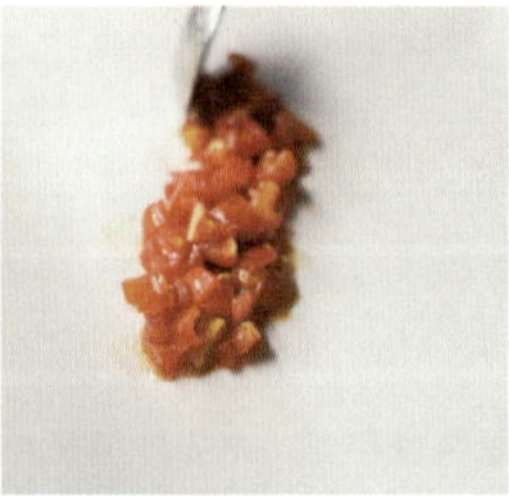

生鱼片晚餐

受了母亲的影响，我好常做以生鱼当主菜的一餐。搭配生鱼餐时，一定要有一道热暖的汤，一小盘味道够的小菜，当然，一碗好吃的白饭是绝对重要的。没有淀粉质，脂肪与蛋白质的香味没有办法被完整体会。油脂肥美的白旗鱼，几片就能让一餐齿颊留香、回味不已。这样的餐后，我只想要一碗青菜豆腐味噌汤或红白萝卜牛蒡汤。

△

材料

生白旗鱼
酱油
生芥末
热白饭
龙须菜
胡麻油
烧酒

△

做法

1. 在切生鱼片前，一定要把摆餐桌与厨房所有的工作都做完。因为，鱼片一上桌，人就要立刻就座，享用它最新鲜的状态。
2. 对五十几岁的我们来说，在晚餐吃油脂很高的白旗鱼，最好配清淡的青菜。我只把龙须菜焖烫一下，拌上一点盐与胡麻油。酱油的味道完全留给生鱼片，这一餐，我们下的是温烧酒。看似简单的一餐，但因为味道与质量都很好，能让人感到非常满足。

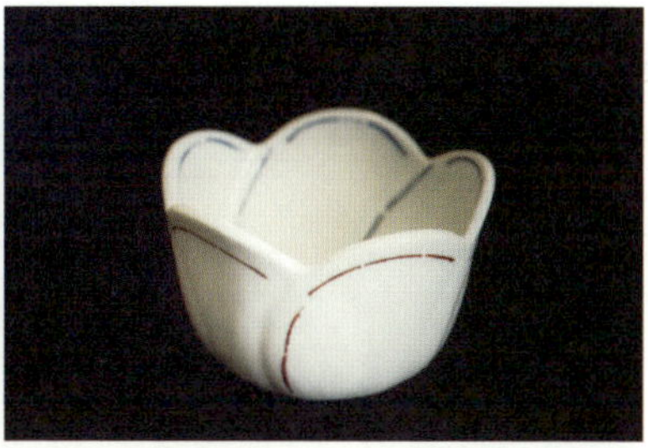

假日早餐

我没有晚起的习惯，假日早餐的意义，对Eric和我来说，只是能吃得久一点的早餐，而不是晚一点吃的早餐。我们在餐桌上，既不看报也不看书，我们只是交谈。说着生活里许多想说，也该交换意见的事。

两个人共有两个孩子，不可能无话可说；两个人如果都关心彼此的工作，更能知无不言。休假日的早餐，我准备丰富一点的食物，而时间也允许我们，喝完咖啡之后再来一壶茶。

△

材料

松饼粉

谷片

新鲜水果

家制优格

△

做法

1. 休假日的早餐可以悠闲一点，不只是吃得悠闲一点，也可以做得丰富一些。
2. 煎一叠松饼配咖啡，再加上一大盘可以添加在优格与谷片上的什锦水果，是中年之后，我们很喜欢的早餐。在这个什么食物都买得到的时代，也许，我们最喜欢的是，仍然兴致很高、不怕摆设杯盘准备早餐的心情。

初鲣tataki

Eric从小就爱吃鱼，但他对鱼的想法是建立在台南人的眼光与味道之上，跟我在东部成长的所见很不相同。每次我跟他说起小时候吃鱼的一些奇遇，他总觉得不可思议。很快地，他因为我而爱上了几道鱼料理，其中夹着姜末、葱泥、七味的鲣鱼可算最爱。

春天的鲣鱼，红色的鱼肉里脂肪不多，只在皮下一层有油的香味，所以，春天吃鲣鱼，我习惯去皮后，用直火烧烤或在锅上煎烤表面，一激出油香，即停；让生熟鱼肉在入口时相互呼应。这种由欧洲肉类处理法得到的烹饪灵感，在日本已经流行了近两百年，一般称为tataki，也称为tosami。

等九到十月，鲣鱼会长大到比春天时大一倍，体重多半也可达四到五公斤左右，脂肪满布鱼体，这时，吃鲣鱼就多半不烧烤，而直接生食了。

△

材料

鲣鱼	洋葱
萝卜丝	葱
姜	柠檬
酱油	七味
冰块	厨房纸

△

做法

1. 把洋葱纵切成极细薄的丝之后，泡水、换水，直到没有呛味。沥干后，用柠檬汁、少许的酱油与糖拌和（也可加橄榄油）。

※挤柠檬汁之前，可先擦出一点柠檬皮。

2. 白萝卜用机器刨成丝，或手工切。
3. 把春葱或嫩葱切细，姜磨好待用。
4. 用不锈钢串把鱼肉平均地串起，在炉上或用喷火枪大火均匀地烧烤表面。也可以在无油的热锅上直接煎，但熟度不要太过，否则表面鱼肉过熟，切时容易破散。
5. 烧过的鱼，立刻泡入冰水中，来回几次后，斜倾滴水后，放在准备好的厨房纸上，轻轻拭干，再放在非常干净的砧板上，切成片状。
6. 把拌好的洋葱丝和萝卜丝放在盘上。鱼片漂亮地就定位。姜葱可另置盘边，或直接放在鱼片之上。
7. 沾tataki的酱油不要太咸，可适度冲淡，或直接用柠檬汁和一点糖调和。
8. 七味和柚子粉都很适合这道料理。

味噌鱼锅

一锅什么都有，却不乱放的菜，常常是我们的餐桌料理。因为，一锅菜或一盘饭，最符合忙到回家就要尽快开饭的生活。我说“不乱放”的意思，是营养均衡、味道平衡就很好；任何锅品，我都不以材料的多样来表达丰富。但因为一餐只有这么一锅，所以，一定要有一样质地与味道都能让胃与味都非常满足的材料。在这道鱼锅里，鱼的胶质软而稠，豆腐青菜都可口。

△

材料

细质鱼肉（照片中所用是龙胆石斑鱼）

洋葱

菠菜

味噌

△

做法

1. 先用洋葱滚出汤底。
2. 把鱼肉分次放入汤中。煮的如是胶原蛋白很多的鱼，请用小火低温慢煮的方法。
3. 鱼熟后加入已用水调软的味噌。
4. 随即加入菠菜。

△

酱

调软的味噌里加上一点糖与一点芥末，可以是很配鱼肉的蘸酱。

拌馄饨

Eric跟我在经常忙着的生活里也挂念着并不比我们清闲的孩子们，但我们一家人，很少像其他人家那样，浩荡地到外用餐。她们有时一通电话约了时间可以就回家，但当妈妈的我，却没有丰盛的准备。简单地煮个馄饨拌红油，开瓶酒，泡个茶。只要一家人碰面了，互道忙碌与工作心得，也算快乐的相聚。

△

淋酱材料

花椒酱

花椒（炒香压碎）

蒜末　葱末

红葱末

醋　香油

鱼露或虾油

糖

△

馄饨材料

市售馄饨皮

梅花绞肉（细绞两次）

太白粉

蛋白

盐、糖、胡椒

△

做法

A

1. 把葱、蒜、红葱都挑拣出较细的部分，再切成细末。
2. 淋酱所列的调味料都拌成一碗之后，以自己的习惯调整酸辣度，糖可以使酸辣缓和。调好的淋酱最好能静置1、2个小时再用。

B

包馄饨前，先把肉、粉、少许的蛋白跟调味料，用叉子或两双筷子快速搅拌，使肉柔软之后再包。

C

先放一些淋酱在准备上桌的深碗里。煮熟捞起的馄饨稍微滴干之后，放入碗中，再加上另一些淋酱。这样就不用完全靠拌的动作使味道均匀，馄饨才会完整好看。

南瓜豆腐

有些新菜是完全没有预设它的模样而出现的。心里没有样板但兴致与条件都够时，菜反而就出现了预想不到的好看。

第一次做这道菜，浓浓的南瓜酱是煮汤时剩的一半，冰箱里刚好有现成的豆腐和贻贝。我想，越是常有的东西，就越需要别出心裁。拿起挖冰激凌的勺子，把豆腐舀成大球之后再把贻贝间隔摆开，竟像一朵花那样地好看；淋上味道特意调得浓一点的南瓜酱之后，颜色就更美了。

做完这道菜，我不让Eric尝，只让他用眼睛观察，要考试！通过才能吃。他先说是蛋，我摇摇头；他又说是马思卡朋奶酪，我又摇摇头；第三次终于猜中。

不过，他的错答又提供了我新的想法。

△

材料

蛋豆腐（或嫩豆腐）

南瓜

带壳贻贝

青海苔粉或鲜巴西里末

△

做法

1. 把南瓜煮熟烂后打成泥，如婴儿食品般的稠度，喜欢鲜奶油也可以加入调味。
2. 把蛋豆腐用汤匙挖出球状，挖之前先规划一下，以免耗费材料，但不能成形的部分请不要丢弃，可以加肉蒸成肉丸或切碎煮豆腐羹。
3. 在有深度的大盘中摆上豆腐，淋南瓜酱时以盖过豆腐为度，再将贻贝排成如盛开花朵。
4. 如果是事先把材料都准备好，开饭前只要蒸5分钟就可上桌。
5. 万一买不到贻贝，用鲜虾也很可口美丽。

香煎虾咖喱饭

咖喱没有固定的样貌，它只是一种综合各种香料，又把它调配到拥有个人烹调特色的料理。很少人不爱咖喱，连挑食，不吃辣的小小朋友，都会因为爱吃咖喱而对我说："Bubu老师，咖喱本来就是要有一点辣，对不对？"

我日常爱煮各种各样的咖喱，带壳的海鲜，让咖喱的味道更浓厚；从煎香主食材的那一刻起，家里就飘荡着食物带来的暖意。

△

材料

带头连壳鲜虾

姜

葱

市售中辣浓味咖喱

白饭

△

做法

1. 把虾剪去长须与额箭，或直接剥去头盖。处理时，要考虑一整只虾放进口中不会伤到享用者。
2. 先炒香姜葱，在不变色前放入虾。因虾不去壳，所以要趁热锅，把它煎得香酥，使快餐咖喱块加入时，滋味更丰富。
3. 为了要煎出虾壳的香味，又要同时保持虾肉的质地，煮咖喱酱前，要先把已达八九分熟的香虾，都先挑拣起来。只以锅里的余味、姜葱和适量的水溶煮咖喱块。
4. 加入的水量，可以比咖喱块包装上所建议的多，这样才可以滚煮久一点。用小火煮久一点，可以把锅里所有留下的糖化香味，都收集在汁里，使这道菜更可口。

小餐包

决定跟Eric结婚之后，我曾经受过整整三个月，从早到晚做面包的训练。当时，我们学校的做量很大，我还曾经做出放错材料，把盐当糖用的几十条怪吐司。三十几年前的技术学习，不经常练习也很容易忘，有时，看到面粉，也会很想舍弃工作室那大大小小的搅拌机器，用手好好地跟生活打交道。

△

材料

高筋面粉 320克

低筋面粉 80克

水 180克

糖 80克

油 45克

蛋 1颗

奶粉 20克

盐 7克

酵母粉 12克

△

做法

用水量与总面粉用量的比例 58%

1. 除了油之外，所有的材料都放在一起搅拌约2分钟。
2. 放入油之后，揉面团直到面团光滑且有光泽，此时弹性好，展性差。
3. 以26度左右的温度，发酵2.5小时。
4. 分割之后，中间发酵15分钟。
5. 整形成各种形状。
6. 刷蛋水，最后发酵1个小时。
7. 进炉，205度，10～15分钟。

泰式炒饭

我的食量从孩提时代就很小，母亲拿我没办法，因为我瘦瘦弱弱，却很能帮家事，也算是一种节能型的小孩。结了婚之后，我没有想过，先生的食量应该以他的身高体重为考虑，因为，Eric从来都没有跟我说过，我准备的量不够或我做的东西哪样不好吃。直到有一次，妈妈来探望我们的时候，对我给Eric的食物深表不满，她说："可怜啊！这样怎么够吃？"然后她一转身就责备我说："你自己像只猫，Eric可不是！"

虽然，我也许不曾正确地掌握过他所需要的食量，但我却总是很在意他喜欢的食物。比如说，吃一盘鱼露鲜虾炒饭时，我会帮他准备一杯整只可咬的葱和黄瓜条。而上面那颗蛋，一定要煎成有生的蛋黄和焦香的边裙才最好。

△

材料

饭
蛋
洋葱
葱
鸡胸肉或猪肉
泰国虾
打抛叶（或罗勒）
柠檬
鱼露
辣椒

△

做法

1. 把柠檬横切为舟状和生辣椒一起上桌。
2. 葱整支和黄瓜切条后，装在杯里做配菜。
3. 洋葱切丁，打抛叶挑好。
4. 泰国虾先煮熟，再用油煎香壳待用。锅子不洗，直接加油再下洋葱丁，这样虾壳的香味可以使炒饭的味道更好。
5. 等洋葱着色出味之后，放入肉，肉半熟就下饭。
6. 加鱼露与一点糖，彻底翻炒之后，把饭推向一边，放入打抛叶，再盖上饭，等一会儿之后，再翻炒几下就准备起锅。
7. 盛起饭后，在锅里用大火再煎个香喷喷的半熟太阳蛋，然后就可以摆盘上桌。

烤肉拌鲜苹果

水果的酵素与香味，对肉类有很好的影响。我常在夏天，把用水果为伴的凉拌肉或海鲜当成主菜。

夫妻的口味各长于原生家庭，说起苹果，我跟Eric就不能算是情投意合的好朋友，他好爱吃苹果而我只爱“看”苹果。切完一盘苹果，我难得去叉一个来吃，更别说他老要我也啃一口他那一大只拿在手上的大苹果。我每次看一个漂亮的大苹果被他咬一口之后，从中崩塌了一大块，很不解地望着他，再看一眼苹果，疑惑地问道：“你的嘴巴怎么那么大？”他很得意地在我眼前又咬下一口，故意像只猩猩那样地夸张的左右咬合，我觉得自己简直就像珍·古道尔，兴味地望着身旁这只大猩猩。

我跟Eric对苹果唯一的共识是架构在烤得香香的猪颈肉或二层肉上。有了这样一道分量、味道与营养都足够的拌菜，我只要再烤两大片面包，加一盘绿色青菜，就可以开饭了。

△

材料

猪颈肉或二层肉或牛肉

苹果

橄榄油

黑胡椒

意大利香料（可略）

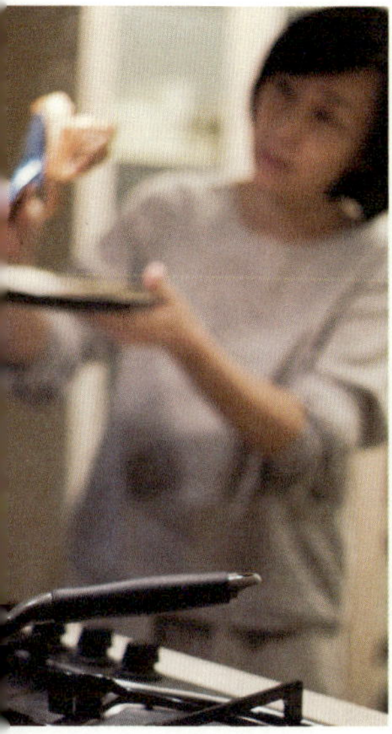

△

做法

1. 可先把肉用糖与酱油按照自己喜欢的比例，如1：1，或稍减糖，腌起来。隔几个小时，也可以隔天再煎或烤。
2. 用低温慢慢烤，如果直接煎，就用中火加盖，煎到肉中心熟透。
3. 逆纹斜刀，把肉切成薄片。
4. 苹果削皮后，薄切成比肉小一点的尺寸，因为苹果脆，太大了，就会跟肉片争夺咀嚼的质感。
5. 因为肉与苹果都已经有好味道，所以调味也只需要一些盐、胡椒和橄榄油。对热量的摄取有顾虑的人，可以省去油，直接拌。香料也一样，不是非要不可的。

煎蒜头烤肉片

Eric常用来安慰我的“非常时期，有非常做法”让我深刻地反省要怎么把生活掌握得更好，不要自己制造出那么多的“非常时期”。

真心的反省一定会促成进步，三十年来，我慢慢了解生活之间的线索要如何彼此支持，要如何主动应用。

这道菜是做“烤肉拌苹果”时的备料，同一种材料分两次上桌，跟同一道菜分两次吃，新鲜感不同，也算是生活趣味的积极思考。我日常工作忙，无法餐餐从头备料下厨，因此，类似这种“以一应多”的变化菜色，是非得常用不可的持家之道。

△

材料

肉：见烤肉拌鲜苹果（见180页）

蒜头：连膜蒜瓣

黑胡椒

盐

△

做法

1. 前日煎烤好冰存起来的肉，整块先在锅中加一点水，用小火回温到好像现烤的一样。
2. 肉取出后，在同一只锅里加上橄榄油，用小火，耐心地把蒜瓣煎到透。
3. 蒜头取出后，锅里已有肉香，又有蒜香，只要再加上一点水和黑胡椒就可以取出搭配的酱。
4. 淋上酱之后，可在肉上再撒上一点海盐。

特大甜甜圈

在家里发个面团就可以做出很多餐点。只要肯用一点力气，其实是不需要任何设备也可以做出很有质量的面点。商业上为了大量制作而有各种机器，但居家不一定要一一买齐。搅面的设备是用来节省制作的力气，而发酵机是取代不足的经验与控制条件。虽然倚靠标准作业可以比较容易成功，但同时也少了试验与自行判断的乐趣。

我的工作室里有各种各样大型的面点制作设备，但是，做一点家庭吃的面点就绝不会夸张地用它们。揉面时，我想起总是对厨房工作跃跃欲试，也总是被我排除在外的Eric。我请他帮我揉一下面团时，省了力气不说，他还把我视为愿意分享乐趣的知心好友呢！上算！上算！我心里高兴得很，想着，那就多做一点吧！那就做大一点吧！

把甜甜圈做得很大，面揉得紧一点，不发酵到太足，这样嚼起来好香甜。最重要的是，把这样的甜甜圈当成礼物送给亲朋好友时，虽然不贵重，却因为“与众不同”而有惊喜之感！

△
材料

糖 4大匙
中筋面粉 450克
水 240克
酵母粉 4克
盐 1/4小匙
油炸用油

△

做法

1. 酵母粉加温水（约80毫升）泡至苏醒。
2. 将糖、盐、面粉在盆里拌匀。
3. 加入水（扣除泡酵母粉的水量）与酵母粉水（做法1），揉或用机器打至面团表面光滑。
4. 面团放回盆内封上保鲜膜后，在温暖的空间发酵成约2倍大的面团（约1小时；夏短冬长，温暖的短，寒凉处长）。
5. 将面团空气揉出后，盖上保鲜膜，再一次发酵至面团较软（约10分钟）。
6. 面团轻拉成中空的大圈状，圈内以碗，再以一层烘焙纸或碗的表面涂油以防沾黏，再发酵成约1.5倍大。
7. 小心地拿下中空隔碗，在油热后，轻轻放入大甜甜圈，以中火炸成表面金黄的成品。甜甜圈越大，因熟成的时间需要更久，所以火不能太大。

酒蒸鸡，姜葱酱

Eric爱所有的辛香味，我常常记住他这个喜好，做菜每遇葱姜蒜，总要为他多加。住在新加坡那几年，虽然离家百步内就有一家知名的海南鸡饭，但我们会特地去市中心吃心目中最好的海南鸡。绿油油的葱酱和海南鸡移植到南洋之后再生的酸辣酱，丰富了原汁原味的鸡肉。也是我们婚后十几年，漂泊在异国生活的一段重要的回忆。

△

材料

半土鸡大腿

姜

葱

酒

盐

△

做法

1. 买回的大鸡腿洗干净之后，用盐与酒或只用酒腌起，过一天再蒸煮。
2. 无论用电饭锅、蒸炉或在深锅里上架蒸，只要把温度控制在不要高过100度（也就是不要让锅盖紧闭），拉长蒸的时间，反复加水，直蒸到肉能离骨，鸡肉就不会柴掉。
3. 把姜葱仔细剁碎之后，先拌上盐和很少量的糖，再用一点油，使之更滑（如橄榄油或沙拉油）
4. 把熟鸡腿去骨，肉切成夹起时很方便吃的量，并确定每一块肉都等分到皮。
5. 在一只深碗中先把姜葱泥铺上，再把鸡入放入，再反扣在深盘中。
6. 把蒸鸡所出的汁稍煮浓，淋上。

凉拌海蜇

我好爱吃海蜇，但好气吃到海蜇拌菜里有红萝卜或榨菜，更恨当中有白色像塑料片一样的洋菜段。这种浑水摸鱼式的拌菜，把海蜇的好，都逼到角落去了。我觉得它们三者可以自组为一道很不错的凉拌菜，为什么还要找上海蜇。

一九九六年，我们第一次住到曼谷去的时候，外出吃中国菜最喜欢到家里不远处的MERIDIEN HOTEL的“夏宫”去。他们的海蜇拼鸭舌是潮州菜的做法，精致又入味，到现在一家四口念念不忘。

海蜇并不是那么贵的食材，但它的泡水却需要很有耐心。不过，只要亲自做过一次的人就会更了解海蜇的奇妙，也会爱上它软嫩滑溜的质地。

△

材料

干海蜇头或海蜇皮

蒜头

酱油或蚝油

醋

香油

香菜

△

做法

1. 把干海蜇揉洗过几次后，泡水，水多一点最好。如果冰箱容量够大，最好换水过后泡隔夜。
2. 泡得膨胀软嫩的海蜇在温水里过一下之后，再用饮用水冲洗或浸泡，沥干备用。
3. 除了小黄瓜或芜菁之类的配菜之外，调味料可以用自己喜欢的口味，但大致不离咸酸中带着微甜。蒜头与香菜更是常用的配料。

煮个面

煮个面就像在生活中写一首五言绝句，形制虽然小，但享受却不因此而狭窄。一碗面的简单或复杂，由下厨者决定。而我这个下厨者经常在煮面的时候想用心让家人感受到我寄放其中的趣味与关怀。

我婚前很少煮面，因为妈妈不常煮面。婚后，Eric常提起初中时寄住在他们家的堂亲丽华姐怎么照顾他，他又因而怎么喜欢上吃面和养成吃面时加醋的喜好。慢慢地，下个面就成了我厨中的挂念。

清汤挂面四个字，看起来好朴素，但如果能煮到如字面所描述得用心，清汤挂面就不是乱七八糟的一团面和随手舀进的一瓢汤。煮面时要先烫碗，碗够热再上汤，之后立刻轻轻放上刚刚煮的恰到好处的面。面出锅时，当然也不是胡夹乱掏，而是有思考地，一次就整齐地捞起适当的量，再前后轻轻摆动，放入汤中。

面条的发展，除了味道、样式与质地，近几十年来已发展为人类的一大骄傲。以前，得是手艺好或有好厨子的人家，才有一碗好面吃；现在，人人都可以随手享有吃一碗好面的幸福。

煮一碗面时，多用一点心，简单的生活就不会乏味。

△

材料/做法

1. 任何面条，干状保存的或冷冻生熟面条，都可以煮得很好吃。
2. 青菜：预存一些青菜，让生活的营养不再空口白话，眼高手低。这一餐，我用的是龙须菜。
3. 配料：趁有空时，煮一些多用途的肉酱。有时我也刻意从一餐里，挪一些材料冻起来。这样在以面当餐时，不用另外张罗，也可以煮得热热闹闹。

煎 牛 排

我们喜欢牛肉的脂肪香味，又因为常常在特别忙的时候会更想吃充满脂肪香、味道丰富一点的料理来犒赏自己，牛排常常就是首选。为了对付这种希望与现实互动两难的问题，我有许多自己的万灵丹，例如早一点准备，或先把工作准备到只缺临门一脚的条件。

越忙越要成全自己的希望，越有这种想法就会越勤奋。

Eric跟我三十几年前在台东第一次相亲，两家人隔一年后，又一次在台北碰面时，公婆就是请我们吃牛排。我记得Eric点了一客丁骨牛排，我吃了菲力，甜点是有着细细颈项的鲜奶油天鹅泡芙。回想起这场可算是“第二次相亲”的碰面，Eric跟我共同的记忆是，在那场餐聚中，我们俩没有交谈过一句话。

没想到这样羞答答的两个人，最后竟然在一起，吃了一辈子的牛排。

△

做法

1. 肉腌香料、油与一点盐后，在常温中放半个钟头。
2. 平底锅加至够热后，直接放入牛排。
3. 两面都着色漂亮后，就起锅，此时牛排约是5～6分熟。
4. 起锅后，设法架高牛排，不要贴盘。
5. 流出带着血水的汁，做酱汁时还可用，不要倒掉。
6. 把牛排切成块，再加入一些橄榄油和香料、黑胡椒拌匀。
7. 利用锅里的油先炒香蒜头碎，再倒入A1酱，先前牛排渗出的汁液也倒入。
8. 等配菜盘都准备好之后，再将一只干净的锅加到很热，但不加油。
9. 锅热后，把切好的牛肉块放入锅内，拌炒一下，使熟度比先前又多几分，即可起锅淋酱。

△

材料

牛排

意大利香料

橄榄油

△

酱汁

A1酱　　洋葱

蒜头　　黑胡椒粗粒

春卷两吃

喜欢大量蔬菜的人，一定爱吃春卷。春卷里的菜蔬、肉、蛋或海鲜，汇集出丰富的味道，花生跟糖粉，更是这道菜的神来之笔。对我们这样的嗜甜家族来说，甜味是我们的醉翁之意。

第一餐吃春卷，吃的是蔬菜的新鲜与面皮的柔软，但这种软春卷得现做现吃，无法收存。所幸，吃剩的菜与饼，可以再料理一下，包起来冷冻。再拿出来，只要在锅上用水先焖蒸一下，再加油煎，就可以享受生春卷没有的酥脆。预备食物，是我持家的用心；有行动的储蓄，“爱”用起来就宽裕些。

△

材料

春卷皮

各式蔬菜如：高丽菜、红萝卜、豆芽

各式新鲜辛香菜：如芹菜、香菜、蒜苗

其他食材：软豆干、蛋、肉、鲜虾

配料：花生粉、糖粉（如果不方便买到花生粉，我就用花生酱）

△

现包春卷做法

1. 把所有的青菜都挑拣好了之后，切成粗丝或粒状，这样的考虑，是不要让过长的菜段在卷饼的时候容易戳破饼皮。
2. 切过的菜用一点水在锅里蒸煮至软，直接拌上一点油与淡淡的味道。味道不能太足的原因是，一卷春卷里，有好多材料，每一样如果都有足够的咸味，最后味道一定太重。
3. 煎蛋、熟肉与炒过的豆干全都切成细丝。
4. 烫过的虾要去头剥壳、取出泥肠之后再切开成薄片。
5. 香菜可生吃，但蒜苗烫炒一下也很好。
6. 包软春卷的要领是，不要先放糖或青菜，应该要把较干的材料，如蛋丝，肉丝、豆干丝放第一层。

△

软春卷剩余材料的再处理

1. 把所有的剩余材料在锅中先加一点油，再炒过，最后用一点玉米粉水或太白粉水勾芡。
2. 等炒过的馅完全地凉了之后，一一卷成漂亮的、大小相近的春卷，封好冷冻。这个工作一定要在吃软春卷当天就完成，否则春卷皮一冰就变硬，包的时候很容易碎掉。

猫粥

我们家的猫一日两餐都吃鸡肉麦片粥。这是它的亲娘把它出养给我的时候，千交代、万交代要这样喂的。当然，我说猫咪的亲娘，并不是它的生母。它的生母我没见过，因为它是在轮胎下被自称亲娘的人捡到的，而拣它的人，是我的亲生女儿。所以，简单说来就是，我们家这只猫的亲娘的亲娘，就是它的养母——我。

这猫咪很怪，鸡肉要煮得非常老才吃，如果不顺它的意，它就会像有些小朋友那样，吐给你擦，让你看了也想吐。所以，我每隔几天，就在锅里把好几个鸡胸，煮得老老的、柴柴的。拣起鸡胸留给它之后，我再把那锅鲜美的汤加点鸿喜菇和麦片一滚，起锅前加点盐，猫粥变成了我们最爱的早餐与点心。

第一次吃到这道意外之粥时，我想起刘姥姥吃到茄鲞后，不可置信茄子生出这个味儿，而后听完凤姐儿说的材料与做法后的感叹一样："我的佛祖，倒得十来只鸡来配他，怪道这个味儿。"

△

材料

鸡胸

菇

盐

△

做法

1. 把鸡胸整大块用清水煮约一个小时。如果没有猫的家，就不要煮到肉变柴，这样捞起后，还可以撕碎调成鸡块沙拉或做鸡肉饭。
2. 鸡汤中加入鸿喜菇和即食燕麦片，比例约为麦片1，汤7～8倍。不要滚太久，麦片变透明就起锅，起锅前加一点盐。

蹄膀两吃

Eric与我过中年之后，常常很想念过去年节才能吃到的“大菜”；其实，现代的人，哪有大菜、家常菜之分呢？我常常跟学生说：“家常菜的意思，本不是随便做的菜，而是‘家里常常’做的菜。”但是，商业的方便，重新定义了这两个生活语词的内容，也映照出我们多数人不得不有的生活改变。

我相信，当他提议煮个蹄膀、炒个腰花时，我们想念的，并不是以前很少有机会吃到大菜的日子，而是那种亲自看到妈妈下厨，慢火炖出一只蹄膀时，整家人欢喜以待的心情。

△

材料

蹄膀一个（通常重约900克）

料理米酒

酱油

花椒

糖（或冰糖）

蒜头

△

基本红烧蹄膀做法

1. 把蹄膀用所有的调味料腌一夜。
2. 拿出后，加水用小火慢慢炖煮或以低于100度的蒸气，长时间蒸（以前一页照片中，我所煮的那块蹄膀来说，蒸了将近4个钟头。这样做出来的蹄膀，胶质的表现好很多，不会有肥腻感）。

△

吃法

1. 热夹

材料：香菜

蒜苗

去边吐司或馒头、刈包

无论取用任何淀粉类，都要确定它们的质地是软的，千万不要拿冷馒头或干面包来夹这么好吃的肉。

2. 冷肉片

蘸酱材料：蒜末

香菜

辣椒末 / 醋 / 糖

蹄膀热食后如果有剩，不要直接放入冰箱。因为上桌的过程万一过长，会影响它的新鲜度。一定要加温过，再度冷却后放进冰箱。

冰冷的肉会比热吃感觉油一些，所以我通常会用酸味来平衡这种感觉。

我们婚后的生活一直是内容单纯但精神丰富。
Bubu的家事能力、美感和勤劳
对一个家庭所造成的影响与创造的结果是外人很难以想象的，
我因而一直都过着非常有质量的生活。

后记

两个人 / Eric

Bubu跟我说编辑希望我为这本书写一篇后记的时候，我觉得很不可思议，因为整本书里到处都有我的存在。现在，不管是直接跟读者说话，还是以先生的角度为太太的书写几句推荐语，都像老王卖瓜。如果老王说瓜好，这只是所有卖瓜者应有的自信或推销术上的吹嘘；老王如果说瓜没有那么好，就不近情理，读者可以反问为什么要写这本书。我想了好几天之后，决定说一点我所知道的Bubu，或许这样可以让读者了解到她为什么写了这本书。

Bubu爱温暖也很热闹，但一般人虽然都能感受她的温暖却无法想象她的热闹。Bubu的热闹很特别，如果不是一个非常静态的她专心地在创造一个不厌其烦、供人热情享受的生活，就是一个充满着热情正在享受的她，跟静态环境的相处。前者就是她为我们的家庭和自己的工作，或对教育所尽的力量，那是她释放热情的时刻；后者大概都是Bubu和书与各种知识之间的相处，那是她吸收热情的忘我；而这相续不断的循环就是她成长的动力。使她成长的各种复杂动力当然也直接和间接地影响了“我们”的生活形态和质量。就在“我们”的人数随着时间又变成两个人的时候，我才知道生活里有温暖与热闹是这么地可爱与重要。

我们婚后的生活一直是内容单纯但精神丰富。Bubu的家事能力、美感和勤劳对一个家庭所造成的影响与创造的结果是外人很难以想象的，我因而一直都过着非常有质量的生活。虽然我们不是特别重视物质享受，但是平静和谐的生活里总是很有兴致。最特别的是，她读书读到某一页，会因为太喜悦了而像吃不下东西一样，一定要分给我一些热情，这是我婚前想都没有想过的生活，也是婚后对我产生改变最大的一种力量。这些年，我的听力越来越不好，如果再过几年像《巨流河》的作者齐邦媛先生夫妻一样，必须用笔谈了，我会非常庆幸一直以来跟她在读书里所建立的了解。这好像是婚姻生活里并不典型的一种相处方式，也是Bubu这几年里用了很多心力想要说服大家的心愿，更是她这本书里重要的一辑。

Bubu跟我并没有资格跟年轻人说什么婚姻上的大道理，比我们婚姻更幸福、更值得学习的长辈很多。所以，我只在自己很充实愉快的三十年婚姻生活之后，简单地结论出一个心得作为给Bubu这本新书的后记：婚姻跟人生里所有的目标一样，要努力、要照顾、要发展。

图书在版编目（CIP）数据

两个人的餐桌，两个人的家 / 蔡颖卿著． -- 北京 ：北京时代华文书局， 2018.4
ISBN 978-7-5699-2046-8

Ⅰ．①两… Ⅱ．①蔡… Ⅲ．①散文集－中国－当代 Ⅳ．① I267

中国版本图书馆 CIP 数据核字（2017）第 314847 号

两 个 人 的 餐 桌 ， 两 个 人 的 家

LIANG GE REN DE CANZHUO LIANG GE REN DE JIA

著　　者 | 蔡颖卿
摄　　影 | Eric

出 版 人 | 王训海
选题策划 | 陈丽杰
责任编辑 | 陈丽杰　袁思远
封面设计 | 孙丽莉
版式设计 | 段文辉
责任印制 | 刘　银　訾　敬

出版发行 | 北京时代华文书局 http://www.bjsdsj.com.cn
北京市东城区安定门外大街 138 号皇城国际大厦 A 座 8 楼
邮编：100011　电话：010 - 64267955　64267677
印　　刷 | 固安县京平诚乾印刷有限公司　电话：0316-6170166
（如发现印装质量问题，请与印刷厂联系调换）
开　　本 | 880mm×1230mm　1/32　印　　张 | 7　字　　数 | 190 千字
版　　次 | 2018 年 4 月第 1 版　印　　次 | 2018 年 4 月第 1 次印刷
书　　号 | ISBN 978-7-5699-2046-8
定　　价 | 45. 00 元